홍재숙 수필집

꽃은 길을 불러 모은다

홍재숙 수필집

꽃은 길을 불러 모은다

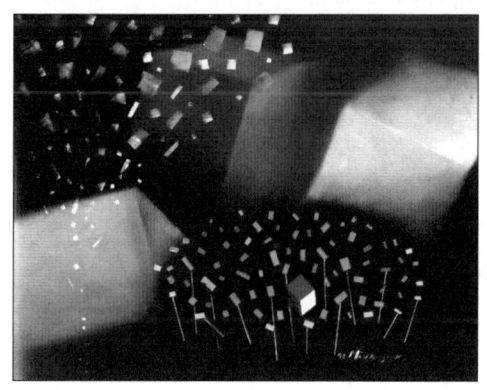

지구문학

책을 펴내면서

***** 나는 늘 '역사는 나에게 무엇인가' 라는 화두에 사로잡혔습니다.

그러다가 역사는 나에게 있어 마치 가슴 한켠에 묻어두고 천년을 그리워하는 그런 존재가 아닌가 하는 답을 내렸습니다. 불쑥 찾아가서 만나는, 한동안 안 보면 간절히 보고 싶은, 애써 잊으려 하면 가슴이 싸하고 아픈, 그러기에 나는 역사와 문학을 껴안고 사는지도 모릅니다.

역사는 언제나 나에게 말을 걸었습니다. 유물로, 유적으로, 때로는 터를 둘러싸고 있는 산과 들판에서, 혹은 흙 속에 파묻혀 나뒹굴고 있는 토기 조각에서, 이렇게 어디엔가 숨었다가 튀어나와 나에게 속삭였습니다. 그럴 때마다 나는 수첩을 꺼내어 그들이 토해내는 말을 빠짐없이 써내려가곤 했습니다.

그것을 모아, 15년 동안 역사탐방에 나섰습니다. 오로지 자라나는 꿈나무 청소년들에게 올바른 역사의식을 심어주겠다는 일념이었습니다. 호응도 좋았습니다. 보람도 느꼈습니다. 그동안 역사탐방을 도와주신 교수님들께 진심으로 감사드립니다.

금쪽 같은 시간을 내어 봉사해 주신 한민족역사문화원 김정오 원장님, 고구려역사학자 윤명철 교수님, 가야학자 윤석효 교수님, 정신상담학자 김윤희 교수님, 돌탑연구학자 윤창숙 교수님, 재삼 감사드립니다. 또 전화 한 통화에 기다렸다는 듯이 아이들과 함께 모이는 든든한 우리 역사탐방 동지들에게 고맙다는 말을 전하고 싶습니다. 특히, 10년 동안 열정적으로 문학지도를 해 주신 김정오 교수님, 을지로 문창교실 박동규 교수님, 그리고 하늬솔문학회 문우들에게 감사드립니다.

끝으로, 가족 사랑과 야구사랑의 저울추가 똑같은 야구관전 매니아인 남편과, 뇌일혈을 이겨낸 장하신 시아버님, 34년째 친정 엄마 같은 시어머님, 건강하게 자라준 딸 경희, 경숙, 경민과 아들 같은 백년손 찬국, 덕희, 그리고 손자 재범, 석준 모두와, 하늘에 별이 되신 그리운 친정아버지 엄마에게도 전하고 싶습니다. 사랑합니다.

2010. 여름의 시작에

초록나무숲 서재에서

목차

2부_ 길은 역사를 남고

목차

3부_ 길에게 말을 걸다

4부_ 길은 닮아 문명을 만들고

목차

5부_ 낯선 길에 마음을 주다

6부_ 길에게 역사를 묻는다

역사 찾기 또는 그것을 지키는 수필

― 홍재숙 수필집 《꽃은 길을 불러 모은다》 발간을 축하하며

김정오 _ 한민족역사문화연구원장. 문학평론가. 수필가. 교육학박사

*****'수필' 이란 지은이의 사유와 정감이 하나가 되는 문학이다. 프랑스의 문학평론가 알베레스(R.M.Alberes, 1921~)는 〈20세기 문학의 총결산〉이라는 글에서 "수필이란 지성을 바탕으로 한 정서적, 신비적, 환상적 이미지로 쓰여진 글이다"라고 했다. 결국 인간의 욕망을 슬기(理智, intelect)롭게 가슴으로 녹여내는 문학이 수필이라고 정의할 수 있을 것이다. 그러므로 슬픔도 아름답게(悲壯美), 쓰라림도 아름다움(悽絶美)으로 승화시키는 장엄미莊嚴美와 정적미靜寂美 혹은 고독미孤獨美까지를 맛보게(吟味) 하는 문학이 수필이다.

따라서 수필가는 체험에서 얻은 마음의 누리(世界)를 구체적으로 형상화하는 사람들이다. 다시 말하면, '주지를 객관화' 하여 솔직성과 순수성, 천진성과 낭만성을 가미하여 '인간적인 표정'이나 '인간적인 맛(味)'을 그려낼 수 있어야 한다는 것이다. 그래서 김광섭은 "인간미를 보여줄 흥미나 자질을 가지지

못한 사람은 평론이나 소설은 쓸 수 있을지 몰라도 결코 수필은 쓸 수 없다"라고 단호하게 말했다. 이렇듯 한 편의 수필은 '인간성 찾기 또는 그것을 지키는 데'에 있다.

그 가운데 역사를 소재로 한 수필문학은 두 종류로 나타난다. 그 하나는 역사적 사실을 알고 있는 지식에 의해서 담담하게 써내는 수필이다. 그러나 또 하나는 역사적 사실을 이해하는 것으로 끝나는 것이 아니다. 지나 버린 역사를 오늘에 접목시키기 위해서 역사의 현장을 찾아가야 한다. 그리고 거기서 느낀 감동을 예술로 승화시키는 글이다.

그러므로 이 둘 사이는 엄청난 차이가 있다. 다시 말해 진정한 역사 수필이란 그 역사 속으로 빠져 들어가 그 감동을 사실적으로 그려내야만 하기 때문이다. 그런 역사 수필을 즐겨 쓰는 홍재숙이《꽃은 길을 불러 모은다》라는 수필집을 상재한다.

홍재숙은 역사의 현장을 직접 발로 누비고 있다. 그리고 거기서 보고, 듣고, 느끼고, 깨달은 역사적 진실을 문학적 영감으로 화학 분해한 다음 역사 찾기 또는 그것을 지키는 수필로 승화시키고 있다. 그것은 마치 밤하늘의 별빛처럼 영롱하되, 물 흐르듯 유연하다.

물의 가장 작은 단위를 수水라고 한다. 이름하여 낙수落水가 그것이다. 낙수가 모여 내(川)가 되는데 이는 뚫어서 통하게 하여 흐르는 물이다. 장인匠人이 판 도랑(溝)을 깊고 넓게 하면 큰 도랑 괴(〈〈)가 된다. 괴(〈〈)의 물이 넓고 깊게 모아진 물을 내(川)라고 한다. 이 내가 다시 흘러서 강江이 되고 하河가 되는 것이다. 그러나 강과 하의 특징은 크기나 길이가 아니라 모양이다. 강江은 직直이요, 하河는 곡曲이다. 그러므로 같은 물의 흐름이되 곧게 흐르는 강물을 양자강揚子江이라 하고 구불구불 흐르는 강물을 황하黃河라 한다.

바로 홍재숙의 수필도 그렇다. 그는 일반 수필과 역사 수필을 병행해서 쓰고 있다. 그러므로 그의 수필은 강과 하처럼 그 흐르는 모양이 다를 뿐, 일반 수필과 역사 수필의 무게에서 우열을 정할 수 있는 것이 아니다. 다만 그의 수필은 소설처럼 탁마되고 정선되어 이루어진 글이 아니다. 그는 체험을 바탕으로 주관적이고 개인적인 지식을 가슴 속 깊이 타오르는 격정으로 아우르면서 역사적 진실과 정서情緖적 사색을 가미한 수필을 쓰고 있다. 마치 강물이 유연하게 흐르듯 사실적 필법으로 수필을 쓰고 있다는 말이다. 그래서 그의 글에 나타나는 사실들은 한 폭의 그림처럼 읽는 이의 가슴에 편안하게 스며들고 있다.

그의 여러 편의 수필들은 대부분 필자와 함께 역사탐방에서 얻어진 글들이다. 그 가운데 제2부 '길은 역사를 낳고'에서 〈산 동백 그 노란 물결〉, 〈망이산성을 오르며〉, 〈연꽃마을 무안〉, 〈임진강변에서〉, 〈안성의 향기〉, 〈백강의 언덕에서〉, 〈고모산성에 흠뻑 빠져〉, 〈천마총의 가을〉, 〈에헤루야 경복궁〉, 〈장보고의 왕국〉, 〈아라가야의 함안〉, 〈백제를 품에 안고〉 등은 국내 역사 탐방 기행 수필이다. 그리고 제3부 '길에게 말을 걸다'에서 〈첫 만남 고구려, 통화행 열차는 밤을 뚫고 달리고〉, 〈아! 고구려〉, 〈광개토대왕을 찾아〉, 〈고구려의 맛〉 등은 고구려 역사탐방 기행 수필문이다. 또 제4부 '길은 닳아 문명을 만들고' 에서 〈바람길〉, 〈실크로드는 우루무치로 흔들리고〉, 〈실크로드 그 아득한 길 위에 서서〉, 〈실크로드에도 남산목장이 있었네〉는 실크로드 역사탐방 길에서 캐낸 작품들이다. 그리고 〈몽골, 그 순수〉, 〈시베리아 횡단열차를 타고〉 등은 몽골 바이칼 역사탐방 길에서 얻은 작품들이다. 또 제5부 '낯선 길에 마음을 주다' 에서 〈슬픈 캄보디아〉, 〈앙코르와트 무화과나무에 갇히다〉 등의 작품은 캄보디아 역사탐방 길에서 나온 작품들이다. 〈군주의 나라 태국〉은 태국을 방문했던 기록인데 캄보디아를 탐방했을 때 베트남도 갔었는데 베트남 작품이 빠진 이유를 모르겠다.

이어서 제6부 '길에게 역사를 묻는다' 에서 〈대마도 그 아득한〉은 대마도 탐방 때 나온 글이며, 〈나도 조선통신사가 되어〉, 그리고 〈우범선은 히로시마에 숨고〉는 히로시마 역사탐방 때 나온 글이다. 그리고 〈후쿠오카, 교토, 그리고 윤동주〉는 윤동주의 슬픈 죽음을 안타까이 여겨 그가 옥사했던 후쿠오카 감옥터와 윤동주의 모교였던 교토의 도시샤(同志社)대학을 찾았을 때의 글이다.

그의 첫 번째 수필집 발간을 다시 한 번 진심으로 축하한다. 그러나 비롯함(始作)은 크게 했다가 끝은 흐지부지되는 일은 없어야 할 것이다. 산은 오를수록 가파르고 물은 흐를수록 파도 또한 깊어진다. 그러나 언젠가는 그 산마루(頂上)에 오를 것이고, 파도를 넘어 큰 바다(大海)에 이를 것이다. 그때쯤이면 산과 물에서 숱하게 겪었던 힘들고 어려웠던 이야기며 기쁘고 즐거웠던 이야기를 전설처럼 들려줄 수 있는 날이 올 것이다. 그 날을 위해 앞서가는 선배님들의 지도와 스승님들의 가르침을 잊지 말아야 할 것이다. 항상 낮은 자세, 겸허한 마음으로 문단의 길을 조심스럽게 걸어가기를 바란다.

1부
길에게 삶을 묻다

꽃은 길을 불러 모은다

***** 그것 봐라. 아무리 하늘의 소식통 일기예보가 천둥 번개와 바람 그리고 황사비를 내린다고 설쳐댔어도 틀릴 줄 알았다. 어디 벚꽃이 예삿꽃인가. 원래 토종 제주산이 일본으로 건너가 일본 대표 꽃이 되더니 이번엔 윤중로다. 4월의 바람은 집단으로 걸어오는 하늘거리는 유혹에 걸려 꼼짝도 못하고 오히려 벚꽃을 지켜주느라 쩔쩔매는 중이다.

무뚝뚝한 사내 녹이는 데는 여인의 간들거리는 눈웃음 하나면 끝난다더니 벚꽃과 바람이 딱 그 짝이다. 꼭대기부터 아랫가지까지 나무 전체가 한꺼번에 연분홍 꽃등을 달고 요염하게 웃어대는데 거칠기로 소문난 바람인들 어찌 하리. 아무리 천기에 도통했다는 일기예보가 제 할 일 다하라고 윽박질러도 혼이 빠져 벚꽃가지에 앉아 꽃송이들과 헤벌쭉 정신이 없다. 어디 그것뿐이라면 말도 안 하겠다. 게다가 천둥 번개가 넘실거리지도 못하게 기다란 손을 뻗쳐 바람막이까지 만들어놓고 어화둥둥 내 사랑이다.

　덕분에 발목까지 내려온 연한 잿빛 담요 같은 구름을 딛고 끝도 없이 펼쳐진 윤중로의 연분홍 터널 속을 걸어간다. 이것이 복사꽃이라면 얼마나 좋을까. 히히덕거리는 벚꽃의 웃음소리를 들으니 내 발걸음도 덩달아 촐랑거려진다. 벚꽃의 최면이다.

　꽃은 사람을 불러 모은다. 자기는 뿌리 박혀 꼼짝도 못하는 대신 봄에다가 자기 향기를 진하게 발라 온 사방 구석구석까지 보낸다. 꿀벌이 된 사람들은 벚꽃 구경한다고 몰려들고 벚꽃은 벙글대는 사람 구경하느라 하루해가 짧다. 꽃이 길을 열어주는 4월에 사람들은 서성대며 봄을 만졌다고 모두 풀어져 좋아라 한다.

　난분분 떨어지는 벚꽃을 모아 우수수 날려 보니 그동안 망각의 늪에 빠졌던 추억의 꽃길이 나타난다. 복사꽃 꽃길이다.

　복숭아로 유명한 소사(부천)에서 탯줄을 끊은 나는 동요 〈고향의 봄〉에 나오는 복사꽃 고장에서 자라났다. 그때도 지금처럼 복사꽃을 보러 사람들이 그득했는데 펄벅재단부터 하우고개 올라가는 길목까지 흐드러지게 핀 연분홍 복사꽃길은 꽃 반, 사람 반으로 흥청거렸다. 꽃길이 사람들을 꽃으로 만들었다.

　봄날이 다 가도록 나는 과수원 밭 복사꽃 대궐에서 시간은 제 혼자 가라 하고 책 속에 코를 묻었다. 책과 함께 온 우주를 헤매다가 바람이 가지를 흔들어 복사꽃잎이 흐느끼듯 떨어지면 나는 두 손을 벌려 사뿐히 내려앉는 분홍 꽃잎의 부서질 것 같은 연한 속살을 만지며 아득해 했다. 도원경 아래 바둑을 두는 신선처럼 흐르는 시간을 붙잡아 두고 싶어 책장에 꽃잎을 끼울 때 까르르 웃어대는 분홍 웃음에 멀미도 했었다. 그때 온통 분홍 세상에서 떠오르는 생각들을 까맣게 토해냈던 내 습작 노트들은 어디로 숨어 버렸을까.

복숭아밭이 울타리인 장독대에 올라가면 나만의 은밀한 공간이 있었다. 배가 불룩 나온 늙수그레한 장독과 장독 사이에 두 다리 뻗고도 남는 그늘진 빈 틈이 있었는데 책 생각이 고프면 여기에 숨어들었다. 장독대에 기대어 까만 활자들이 주는 즐거움에 빠져들면 호기심 가득한 연분홍 복사꽃 한 무더기가 건너와 나에게 말을 건넸다. 그 무렵 복사꽃과 함께 두터운 대하소설을 숱하게 읽어내었다.

복숭아밭이 끝나는 모퉁이에는 동네 사람들이 양색시라고 수군거렸던 점박이언니네 집이 있었다. 목에 큰 점이 박혀 있어 점박이라고 불렸던 그 언니는 지금 생각해도 얼굴이 달처럼 하얗고 예뻤다.

꽃웃음을 팔아 집안 모두를 먹여 살렸던 점박이언니가 다녀간 날이면 그 집에는 꼬부랑글씨 미제물건이 지천이라는 소문이 동네방네로 지천으로 퍼져 나갔다. 그러다가 긴 꼬리 끝에는 흥보는 소리가 복사꽃나무를 흔들었다.

뾰족구두 신고 골목을 지나가던 점박이언니 입술연지 같은 연분홍 복사꽃은 바람에 흩날렸는데 지금 그 언니는 살아있기나 한 걸까. 흔들리는 가지에서 점박이가 점점이 꽃잎 되어 날리고 있다.

　다시 벚꽃길이다. 내 기억의 꽃길 닮은 윤중로 벚꽃길을 걸으니 가슴 한 가득 꽃무더기가 추억처럼 달려든다. 사촌처럼 닮은 '보이는 벚꽃'과 '보이지 않는 복사꽃'이 바람의 숨결 따라 맴을 돈다. 지나온 삶과 살아내는 삶이 만난 것이다.

　이렇게 꽃은 길을 불러 모으고 사람들은 꽃의 길을 따라 추억의 창고를 채워 간다.

느티 선생님

*****막내딸 담임선생님은 총각 시인이다. 그래서 그런지 이름도 한느티이다. 처음에 나는 딸아이로부터

"우리 선생님 짱 좋아. 웃는 모습이 참 해맑아. 조회시간에 뭐라 하는지 알아? 여러분 바람 향기 맡아보셨나요? 글쎄 이러시잖아."

바람 향기라니! 얼마나 눈물나게 감성적인 어휘인가. 빡빡하게 돌아가는 '외고'라는 분위기와는 전혀 어울리지 않는 싱그러운 말이었다. 순간 아이들의 반응이 궁금해서 대답을 재촉했더니

"아이들이 모두 생뚱맞은 표정이었어. 그런데 지금은 다들 선생님 분위기에 익숙해졌어."

말을 전하는 아이의 표정에 생기가 흘러 넘쳤다.

처음에 나는 걱정이 많았다. 어느새 입시 문턱인 2학년인데 딸아이를 맡을 담임선생님은 입시라는 관문을 앞에 놓고 치밀

한 전략을 세워서 적당한 긴장과 함께 아이들을 강하게 끌고 나가기를 진정으로 바랐다. 그런데 감정이 넘쳐 아이들에게 휘둘릴 것만 같았다.

내 예감대로 학부모 총회에서 만난 느티 선생님은

"제 이름이 특이하죠? 그런데 제 친한 친구 이름도 버들이거든요."

하고 수줍은 표정을 지어서 학부모들을 웃게 만들었다.

느티 선생님은 정말 딸아이 표현대로 자상함이 봄바람 같은 선생님이다. 쫑알쫑알 딸아이의 말을 간추려 보면

가정통신문 늦게 주고 늦게 걷어서 맨날 꼴찌 반을 도맡아 하기, 종례시간에 돌아가면서 앞에 나가 3초 동안 말하기, 황사바람 몹시 부는 노는 토요일에 아이들 나오라 하여 운동장에서 펄펄 뛰며 서로 친해지는 놀이하기, 크게 화냈다가도 마음이 여려서 금방 웃으며 안아주기, 핸드폰 진동 소리만 들려도 뺏는 다른 선생님과 달리 "야, 하지 마" 하며 살짝 눈 감아주기, 딸아이가 감기로 호되게 아팠을 때 "어떻게 하니" 하며 양호실까지 데려다주고 불 켜주기, 반 아이들에게 "너희들 날 아빠라고 생각하고 다 털어 놓으렴" 하고 씩 웃기, "너희들 주말에 왜 공부하니, 푹 쉬다 와, 그런데 시험은 잘 보고" 하며 아이들의 마음을 편하게 해 주기.

새 학기부터 터져 나온 아이의 토막말을 이어붙인 느티 선생님의 특징이었다.

언제나 피곤에 젖어 말도 안 하고 쓰러지던 아이가 요 며칠

조잘조잘 수다쟁이가 되었다. 한 달 동안 느티 선생님을 도와 부담임을 맡았던 예쁜 여자 교생 선생님의 송별회를 정말 잊지 못할 깜짝 파티로 만들자고 반 아이들이 힘을 합쳤다는 것이다. 아이는 교생 선생님을 위해 반 전체가 운동장에서 요즘 유행하는 꼭짓점 춤을 추기로 했다며 순서를 익힌다며 밤 열두시가 꼴깍 넘은 시간에 나를 앞에 앉혀놓고 이리 저리 돌면서 춤 연습을 했다. 아이의 들뜬 얼굴에 나도 덩달아 흔들거리면서 "정말 너희 반은 못 말리는 반이구나"하고 장단을 맞췄다.

아이들이 느티 선생님을 닮아 말랑말랑해졌나 보다. 느티 선생님 제자답게 드디어 일을 터트리고 말았다. 교생 선생님의 마지막 수업일, 종례시간이 끝난 후 아이들은 준비한 대로 1층 교무실 문 앞에서 4층에 있는 6반 교실 문턱을 넘어 운동장이 내려다보이는 창문 앞까지, 발자국 크기로 색색깔의 스티커를 붙였다. 발자국 하나하나에는 "전지현보다 예쁘고, 송혜교보다 사랑스럽고, 이효리보다 섹시한 변지혜 선생님 사랑해요"라는 글자가 저마다 별처럼 빛나고 있었다.

아이들은 전속력을 내어 운동장으로 뛰어 내려갔다. 그리고 창문이 훤히 올려다 보이는 바로 그 지점에서 사십 명이 힘을 합쳐 삐뚤빼뚤 '지혜' 라는 글자를 만들어 냈다. 그리고 창문에서 바라보는 교생 선생님을 향해 모두 목소리를 높여 "선생님 사랑해요"를 외치고는 공부시간에 선생님이 아이들에게 불러 주었던 노래를 합창했다. 그리고는 재빨리 하트모양으로 변했다.

이윽고 공기를 가르는 호루라기 소리가 울리며 아이들은 박자에 맞추어 신들린 듯이 꼭짓점 춤을 추기 시작했다. 오로지 한 달 동안 듬뿍 정이 들었던 교생 선생님을 위한 세상에 하나밖에 없는 춤이었다. 느티 선생님이 뿌려 놓은 정情이라는 홀씨가 사방으로 퍼져 나가는 순간이었다. 건듯 불어오던 바람도 구경하는 벚꽃나무들을 흔들어 연분홍 꽃잎들이 화르르 흩날리던 그런 저녁나절이었다. 이때, 무슨 일인가 하여 각 교실마다 창문 열리는 소리가 들리고 지나가던 학생들도 전부 멈춰선 채 눈이 휘둥그레졌다.

춤을 끝낸 아이들은 숨을 헐떡이며 다시 4층 교실로 뛰어 올라갔다. 눈물을 글썽이며 기다리고 있는 교생 선생님과 케익에 사랑의 촛불을 켜기 위해서였다. 역시 느티 선생님의 제자들이었다.

오월을 닮은 느티 선생님에게 내 아이를 맡겨서 행복하다. 느티나무가 이끄는 대로 느티나무의 그늘 아래서 푸른 잎을 매달고 제법 굵은 가지로 자라나기를 기다리고 싶다. 아이들이 지성과 덕성을 함께 갖춘 또 하나의 느티나무로 잘 자랄 것임을 믿기 때문이다.

─스승의 길을 걷는 이 세상 모든 선생님들에게 바칩니다.

길

***** 나는 늘 어두운 길이 무서웠다.

어둠을 쓰고 키가 더 커진 듯한 시꺼먼 나무덩치와 바람에 흔들리는 가지의 그림자들이 많은 팔들이 되어 나를 싸안으려는 괴물같이 느껴질 때가 많았다. 게다가 바람이 우는 밤이면 흔들거리는 나뭇잎 소리와 함께 나무 꼭대기 어디쯤에서 누군가가 웅웅거리는 것같아 뒷머리가 쭈뼛거렸다. 어쩐지 늘상 보아왔던 나무가 낮의 익숙함에서 벗어나 밤의 기운을 먹고 딴 존재로 변한 것같이 너무도 낯설어 그쪽은 아예 쳐다볼 엄두도 내지 않고 달려갔던 날이 많았다.

밤길 걸을 때 제일 무서운 건 사람의 발자국 소리였다.

희미한 가로등조차도 저 멀리에서 깜박거릴 때, 뒤에서 나는 발자국 소리는 온몸의 신경줄을 귀로 모이게 했다. 남자인지 여자인지, 뚜벅걸음인지 종종걸음인지, 마음 속으로 날을 세우다가 잰걸음을 걸었다. 그러다가 뒤에서 들려오는 걸음 역시 내 걸음에 맞춰 빨라질 때, 내 발에는 불이 났다. 그리고 뒤는 쳐다볼 엄두도 못 내고 마음만 허둥대며 가방을 단단히 그러매었다.

길 중간쯤에 늘 엄마가 서 계셨다.

'재숙이니?' 하고 묻는 소리가 산골짜기 외딴집에 켜 있는 등불 같았다. 그렇게 반가울 수가 없었다. 그때까지 저벅저벅 땅을 울렸던 가슴 조이는 소리가 신기하게도 들리지 않아 나는 엄마의 팔짱을 끼고서야 비로소 뒤를 돌아볼 수 있었다.

엄마가 수없이 나를 기다리던 길……. 옛 소사읍 펄벅재단으로 이어지던 오솔길……. 나무가 많았고, 공장이 있었고, 혼혈아이들이 많이 살았던 그 길……. 그 길에는 아직도 젊은 날에 내 엄마가 웃고 서 계신다. 추억의 숲을 들어가 보면 엄마 하고 뛰어가던 내 구두 발자국 소리가 들리는 듯하다.

팔순이 살포시 내려앉은 해에 엄마는 병원생활을 하게 되었다. 그 추운 겨울에 밤마실을 다녀오다 넘어져 대퇴부고관절에 속하는 뼈가 부러진 것이다.

그 날 이후로 나는 여러 달째 주말마다 서울 방화동 집에서 인천 만수동병원까지 달려가 꼼짝 못하는 아기 같은 엄마와 데이트를 하며 엄마의 손과 발이 되어 주었다.

이십여 년만이다, 엄마의 딸로 돌아온 것은. 그동안 세 아이의 엄마로 살다가 이틀 밤, 삼일 낮을 오붓하게 엄마의 딸로 다시 살아가고 있다. 엄마는 끊임없이 지나간 세월을 들려주고 싶어 했는데 내가 그저 엄마의 내면에 감춰진 딱딱한 응어리 맺힌 고통스런 상처와, 한때 삶의 한 귀퉁이에서 푸르게 빛났던 이야기를 장단 맞춰 들어주는 것만으로도 엄마의 얼굴은 빛이 났다. 어떤 이야기는 한 백 번도 더 들었던 엄마의 이야기였는데 듣다가 지치면 퉁퉁거렸다가 다시 엄마에게 예전 이야기를 조르는 어린애가 된 시간들이었다.

문득 밤길에서 나를 기다리던 엄마의 모습이 떠오른다.

우린 그때 무슨 이야기를 했을까. 엄마와 팔짱을 끼고 집까지 가려면 아직도 한참은 더 갔을 그 길 위에서 엄마와 나는 무엇 때문에 깔깔거렸을까. 기억을 끄집어내느라 말이 없는 엄마의 머리맡 창밖으로 흐드러지게 핀 벚꽃이 햇살에 아련해 보였는데.

기억 저편에 복사꽃이 보인다. 온통 분홍색 가지로 변해 길 양쪽을 물들이고 수줍게 웃던 복사꽃이 있었지. 연분홍 빛깔이 마치 새색시의 고운 치마처럼 펄럭였던 꽃길이었는데…….

그러고 보니 엄마의 병원생활은 참으로 오랜만에 모녀를 추억여행으로 이끌어 주었다.

돌이켜봐도 나도 내 아이를 기다리는 밤길은 무섭지가 않다.

늦은 밤 찻길에서 나 홀로 서 있어도 마음 속엔 돌아올 아이 걱정뿐 어둠은 나의 마음을 지배하지 못한다. 그저 불 밝은 따뜻한 집보다 어두운 거리에서 기다릴 때가 오히려 내 마음이 훨씬 편하다.

요즘은 막내가 타고 오는 늦은 지하철을 기다리다가 하늘에 두서너 개 떠 있는 별들을 바라보며 제자리 뛰기도 하는 여유를 부린다. 물론 아이와 문자로 어디쯤 오는가를 알아 버린 탓도 있지만, 저만치서 '엄마' 하고 부르며 달려와 내 팔짱을 끼며 조잘대는 아이를 생각하면 너무나 행복하다.

막내를 보며 문득 저 편 세월 속의 나를 본다. 아이처럼 '엄마' 하고 뛰어가던 나였는데 나의 무섬증은 어디로 숨어 버린 것일까.

'무서움은 자기 마음 속에서 오는 것이다' 라고 법정스님은 말했는데 혹여 나의 무섬증은 '아이를 지키려는 어미의 본능적인 마음' 앞에 달아나 버린 것이 아닐까.

그래서 내가 씩씩해진 것일 게다. 예전에 컴컴한 길 위에서 나를 기다리던 엄마처럼 나도 엄마라는 이름으로 중무장했기 때문일 거야.

－지금 하늘길에서 웃고 계실 엄마께 이 글을 바람에게 전해 봅니다.

마음 따라가기

***** 허브가 훌쩍 자랐다.

초봄에 선물 받은 페퍼민트 향이 은은히 나는 손바닥만한 화분에 담긴 녹색식물이다.

허브는 키우기가 쉽지 않아 허무의 마음을 읽지 못하면 제 성질을 이기지 못하고 죽어 버린다.

그동안 나는 허브 키우기에 여러 번 실패해 왔다. 어느 정도 자라면 웃자란 놈을 고르게 잘라 주라던 꽃가게 주인의 말을 잘 들었는데도 그랬다.

들쭉날쭉 자란 허브를 가위로 가지런하게 잘라 주었더니 허브는 파르르 성질을 내며 죽어 버렸다. 그것도 몇 줄기가 아닌 줄기 전체가 떼거리로 말라 죽어 버린 것이다.

그 다음날 일어날 기척도 없이 줄기를 늘어뜨린 허브를 보고 '참 성질머리도' 하고 혀를 찬 적이 있었다. 그리고는 소중한 것을 잃어버린 상실감에 내가 무슨 실수를 했을까 하고 허브의 마음이 되어 보려 애도 써보았다.

허브는 때때로 물을 주는 것을 깜박 잊으면 성난 것을 몸으로 표현한다. 저희 잎들끼리 짜고 그러는 것처럼 한꺼번에 시들어 버린다.

그럴 땐 마치 '이래도 나 안 쳐다볼래' 하고 토라진 소녀의 모습 같다. 가슴이 철렁해서 얼른 물을 듬뿍 주면 얄미운 허브는 금방 몸을 털고 일어난다.

허브의 서서히 풀어지는 마음을 지키고 앉아 본 적이 있다. 그러다 문득 우리네 사람살이의 마음과 같구나 하는 생각을 했다. 그리고 한 때의 나를 반추도 해 보았다.

나도 허브와 같았다.

근심거리에 끙끙대며 밤을 뒤척였고, 괴롭히는 잡다한 생각 속에 빠지기 싫어 낮은 스탠드 불빛에 의지해 밤새워 책을 읽곤 했다. 그러다 어느 날 책 속에서 '내관內觀'이란 글과 만나게 되었다.

'스스로 내 안을 바라본다.'

얼마나 은유적인 말인지……. 그때 비로소 나는 '나' 속에 숨어 있는 또 다른 '나의 마음'을 들여다보게 되었다.

지금은 어떤 고뇌가 생기면 이런 고뇌의 까닭이 생긴 내 마음의 밑바닥을 깊이 들여다보려 하고 있다. 또 나의 삶에서 나와 인연이 닿아 만나는 사람들에게 편안한 마음을 건네주려 마음먹고 있다.

그리고 나로 인해 불편한 마음이 생겼다면 상대방의 마음이 되어 이해해 보려 하고 있다. 요즘도 나는 거울에 붙여놓은 '내관'을 들여다보며 마음을 잡는다. '내 안의 나는 곧은 길을 가고 있나' 하고.

집착하지 않으려 노력하고 있다. 내가 사랑하는 모든 것을 알맞게 사랑하고 알맞게 생각하려 하고 있다. 어느 순간 집착은 지나친 욕심이라는 것과 아울러 공허 또한 크다는 것을 알았기 때문이다.

늦둥이로 낳아 언제나 마음이 애잔한 막내도 조금만 사랑하려 한다. 그래서 그 애가 스스로 제 삶을 살아낼 수 있게끔만 지켜보려 한다.

그래서 내 안의 '나'는 사랑이 너무 쏠리는 내 마음을 달래고 있다.

지난 가을에는 몹시 외로운 마음에 사로잡혔다. 아침마다 산책길에서 내 발 밑에 뒹구는 낙엽이 왜 그리 스산해 보이고 쓸쓸했던지 잠시 내 마음도 같이 떨어짐을 경험했다. 요즘은 나무에게서 이웃을 느낀다. 아마 봄이 주는 생명력에 나도 덩달아 생기가 나서일 게다.

하루를 열며 만나는 담 밑에 몸을 작게 수그린 노오란 민들레에게도, 오묘한 색으로 움트는 싹에게도 다정한 말 한 마디 건네려 한다.

또 앞 마당가에서 언제나 우윳빛으로 환하게 빛냈던 얼굴이 시간의 화살에 맞아 까맣게 타서 떨어지는 목련에게서도 삶을 배우려 한다.

그래서 내 앞의 삶에게 겸허하려 한다. 목련은 화려한 봄날을 온 몸으로 맞으면서 내면으로는 숨겨 놓은 잎을 피어내는 단단한 마음을 지녔기 때문이다.

생각에서 깨어나 커피 한 모금 마시다 말고 불현듯 허브 한 잎 뜯어 입에다 넣어 보았다. 페퍼민트 향이 입안에 가득하다. 그러다가 혹시 얘가! 제 몸을 뜯어 화가 났나 하고 바라보았다. 다행이다.

허브가 배시시 웃고 있다. 손끝으로 가볍게 바람을 일으켰다. 시원한 향이 날라온다. 강렬하고 부드러운.

방화동 이야기

　***** 잠시 뜨악했던 매미 울음소리가 다시 들린다. 쓰악쓰악대는 소리가 가뜩이나 더운 여름을 부채질한다. 어째 도시의 매미소리는 점점 정감이 사라지고 도시 속의 소음공해로 전락해 버린 것같아 안타까운 요즈음이다.

　잠시 읽던 책을 덮고 창밖으로 눈을 주어본다. 저쯤일까. 어린아이처럼 목청껏 우는 소리가 들린 것은……. 집 앞 이면도로에 가지런히 심어져 있는, 키도 자그마하고 나무 둘레도 겨우 어린아이 팔뚝만한 느티나무에서 우는 소리이다.

　나무에게 미안한 마음이지만, 이제 겨우 소년티를 벗어난 이런 연약한 나무를 의지하고 저처럼 줄기차게 울어대는 매미가 가련하다는 생각이 들었다.

　십여 년 전만 하더라도 우리 동네는 신록이 우거진 서울 속의 시골이었다. 창문 밖으로 마주건너 보이는 터는 조선 중종 때 좌의정을 지냈던 심정일가의 무덤이 있는 능마을이다.

지금은 방화 5단지 군단들이 자리잡았지만 예전의 그 자리에
는 방화 삼거리로 빠지는 좁은 길이 있었다. 개화산 끝자락을
끼고 앉은 치현고개에서 꿩사냥하기에 좋았다 해서 치현마을
이라 불리는, 우리 동네에서 버스가 다니는 방화 삼거리로 가
는 지름길인 그 길은 온통 짙푸른 녹음이 우거진 길이었다. 동
네 사람들은 오솔길 양편으로 풀이 너무나 우거져서 길옆으로
마구 자란 뻣뻣한 풀줄기에 행여 다리가 베일세라 손에 쥔 막
대기로 휘휘 젓고 다녔으며, 오솔길 오른편으로 복병처럼 웅크
린 거름 구덩이를 피해 다녀야 했다.

　거름 구덩이는 길가에 바짝 붙어 있었는데 언덕에 촘촘히 일
귀놓은 밭에 거름을 주기 위해서 구덩이를 파고 인분을 모아
발효시켰다. 풀들이 한창이던 여름나절에 동네 아이들이 그 오
솔길을 팔랑거리며 뛰어가다가 냄새나는 거름 구덩이에 한 발
을 빠뜨리는 사건이 종종 있었다. 그 자리에 엉거주춤 서서 땀
삘삘 흘리며 으앙 하고 울어대던 아이들이 눈에 선하다.

　양 옆으로 가지런히 앞으로 나란히 열을 지은 밭고랑을 지나
야트막한 언덕을 올라서면 아람드리 느티나무 두 그루가 서 있
었다. 언덕을 오르느라 이마에 배인 땀을 식힐 겸 느티나무 그
늘에서 잠시 숨을 고르다 보면 쭉쭉 뻗은 가지 어디에선가 시
원한 매미의 울음소리가 흘러 나와 맺힌 땀을 식혀 주었다. 그
때 들었던 매미소리는 어찌 그리 정취가 있고 시원하던지 푸르
른 녹음과 더불어 여름의 무더위를 말끔히 씻어주었다.

　비가 오는 여름의 치현마을은 온통 황토 흙의 바다였다. 도

로포장이 안 된 울퉁불퉁한 흙길은 빗물에 섞이어 차진 진흙길로 변해 버린다. 질기가 더 심한 능마을의 길을 포기하고 지금의 동부아파트의 길을 선택해야 하는데, 이 길 역시 벌건 진흙과의 싸움이었다. 손질한 구두를 신고 더럽히지 않으려 아무리 풀을 딛고 돌을 밟으며 간다고 해도 어느새 진흙은 구두를 잡고 놓아주지 않는 탓에 방화 삼거리로 나오면 구두에는 진흙이 더께로 묻어 있었다.

치현마을 쪽에서 앞벌 가는 길은 누런 벼들이 물결치는 논이 대부분이었다. 또 길가 오른편 쪽으로는 졸졸 흐르는 개울이 있었는데 폭이 좁다랗고 긴 이 개울은 우리 동네 앞까지 이어와 논을 싸고돌았다.

지금도 엊그제인 양 생생하게 떠오르는 장면이 있다. 십 수 년 전, 비가 추적추적 내리던 여름나절 그 당시 초등학생이었던 둘째의 마중을 나갔다가 우산을 받고 집으로 돌아오던 길이었다. 때 마침 이 좁은 길에서 맞은편으로부터 쏜살같이 달려오는 자전거를 피하려다 아이는 그만 책가방을 맨 채로 개울물에 빠졌었다. 전 날부터 비가 와 잔뜩 불어난 개울 물 속에서 허우적대던 아이와 너무 놀라서 소리도 못 지르던 나와 그리고 자전거를 자빠뜨려 놓고 급히 개울물로 뛰어 들어가던 청년과……

지금은 진흙탕길이 네모난 보도블럭으로 깔끔하게 단장을 했고 푸르른 신록대신 대단위 아파트 군락으로 변해 버린 눈부시게 문명화된 우리 동네 방화동을 보면 늘상 어딘가 허전하고 무언가를 잃어버린 것 같은 상실감에 빠져들 때가 많다.

능마을로 가는 아기자기한 오솔길, 졸졸졸 노래하던 개울, 개울에 나무판 조각으로 건너가게 다리를 만든 시널다리, 앞벌을 온통 차지하던 논, 손바닥만한 내 방 창문 밖에서 들려오던 처량한 개구리 울음소리, 냄새나던 거름 구덩이, 아! 지금은 차라리 그리운 시뻘건 진흙탕길…….

공연히 보도블럭 저 밑을 들쳐보면 그리운 흙들이 '우리 여기 모여 있어요' 하고 낑낑댈 것만 같은 생각이 든다. 요즘 들어 부쩍.

개화산 이야기

　*****　비를 맞은 개화산은 얼굴이 말끔하다. 온종일 하늘 바라기하던 나무들은 줄기부터 축축하고 등산로 좁다란 산길도 이제는 흙먼지 안 내고 차분해졌다.

　이게 얼마만인가! 애타는 질긴 봄 가뭄 끝에 단비라니!

　덕분에 개화산 산식구들은 생명줄 같은 단비를 맞으며 재재거리면서 제 몸을 치장하고 있다.

　등산로 옆 작달막한 떡갈나무는 아직도 얼굴이 꾀죄죄하다. 그동안 오가는 운동화들이 일으킨 흙먼지를 혼자 다 뒤집어쓴 듯 몇 달 동안 세수를 안 한 꾀죄죄한 얼굴이더니 연 이틀 줄기차게 내린 장대비에도 더께로 낀 때가 씻겨 나가지 않아 아직도 파란 얼굴이 먼지 속에서 다 나오지 못했다.

　문득 아이들 키울 때처럼 세숫대야에 물을 찰랑찰랑 담아 두 손으로 뽀드득 소리나게 닦아주고 싶은 마음이 간절하다. 꼭 어미 없는 새끼처럼 먼지 땟국으로 얼룩진 몰골이다. 나는 한

무리 떡갈나무를 측은히 내려보다가 이파리 사이로 빠끔이 얼굴을 내민 어린 아카시아 새 순과 눈을 마주쳤다.

티 하나 없이 푸르고 생생한 얼굴이다. 아카시아의 몸치장은 놀랍다. 100년 만에 처음이라는 이 봄 가뭄에도 아카시아 이파리는 먼지 하나 안 묻고 파르스름하다. 등산로의 흙먼지를 온통 뒤집어 쓴 떡갈나무 앞에서 아카시아나무는 기생오라비의 백구두마냥 제 몸을 빛내고 있다.

'아카시' 가 본래의 이름인 아카시아나무는 일본에서 귀화한 나무이다. 우리나라가 보릿고개로 너무나 못 살았던 1960년대 박정희정부시절, 산야가 너무나 헐벗어서 번식력이 강한 나무로 푸르게 가꾸려고 아카시아나무 식수를 장려했다. 그만큼 아카시아나무는 메마르고 척박한 땅에서 살아남는 끈질긴 생명력이 있기 때문이다. 여기에다가 사람들과 친화력도 좋아 높은 산에서는 자라지 못하고 낮은 산에서 하이얀 꽃향기로 사람들을 유혹한다.

이런 아카시아나무도 고약한 성격이 하나 있다. 곁에 사는 다른 나무들을 못 자라게 하는 심술쟁이다. 아카시아는 자기의 생명력을 과시하며 제 뿌리로 둘레의 나무들을 못 자라게 괴롭힌다. 그래서 근처에 사는 나무들은 오히려 제 구역을 빼앗기고 몸을 옹송그린 채 시들고야 만다.

그래도 아카시아나무는 제 분수를 안다. 사람들이 참견 안 하고 가만히 내버려두면 어느 정도 자라 무성해지면 제 몸 어딘가를 스스로 죽여 수그릴 줄 안다. 그러나 사람이 일부러 베면 위험을 느끼고 왕성한 생명력을 꿈틀거린다. 요 어린 녀석도 바람의 등을 타고 여기까지 날아와서 생명을 틔운 것인가.

꾀죄죄한 떡갈나무에게 기운 내라고 웃어주면서 다시 바람 향긋한 산을 향해 올라간다. 조금 가빠지는 숨을 고르면 어느덧 개화산 정상이다. 정상에는 쓰러진 지 오래 되어 산식구들의 보금자리가 된 나무 등걸이 소나무 군락 사이에 가로로 누워 바람과 함께 놀고 있다.

편안한 그의 몸에 앉아 물 한 컵을 마셔 본다. 시원하다. 소나무 향기가 물과 어우러져 가슴 속에 들어앉았다. 눈앞에 펼쳐진 소나무 군락을 바라본다. 꼭 양 옆에 나란히 서서 차렷 자세를 취하는 모습이 선생님께 야단맞는 키 큰 학생들 같다.

소나무가 지저분하다. 나무마다 송진과 어우러진 옹이가 있고 옹이에서 솔잎이 삐죽하니 자란다. 가만히 다가가서 잎 한 자루 빼 보니 역시 짐작한 대로 3엽송인 리키다소나무이다. 순 우리 토종소나무를 찾으려고 새삼스레 둘러보니 거의 옹이가 많이 달린 리키다소나무가 점령했다.

개화산에는 우리 토종 소나무가 드물다. 우리 소나무는 바늘처럼 뾰족한 2엽 이파리에 줄기는 적갈색이나 흑갈색인 금강소나무이다. 또 줄기에 지저분하게 잔가지를 매달지 않고 쭉쭉 뻗어 나가면서 곧게 자란다. 그래서 예로부터 우리 민족은 푸른 소나무에게서 드높은 절개와 기상을 찾았고, 솔잎이 무성하면 그 상서로운 기운이 나라 곳곳에 퍼진다 하여 소나무를 숭상해 왔다. 우리 토종 소나무는 멋지고 잘 생긴 모습이 꼭 얼짱

소나무이다.

리키다소나무도 사연이 있다. 일제는 우리 민족의 정신을 뭉개 버릴 목적으로 맨 먼저 장승과 솟대를 없애기 시작했다. 그리고 다음 차례로 우리 민족이 좋아하는 소나무를 무자비하게 베어 버리고 그 자리에 북미원산의 번식력 강한 리키다소나무를 채워 놓았다. 개화산에도 이런 폭풍이 몰아닥쳤던 걸까. 그래서 그런지 우리 소나무가 좀처럼 눈에 띄지 않는다.

더 쉬었다 가라는 시원한 바람에게 인사하며 산을 내려간다. 내려가다가 '토종이면 어떻고 외래종이면 어떠리. 아카시아나무나 리키다소나무나 우리 동네 산에서 이만큼이나 오래 살았으니 이제는 더불어 사는 개화산 식구들이다. 사람들처럼 편 가르지 않고 조화롭게 어울려 숲을 빛내는 너희들이 참 친구들이다' 하며 웃어주었다.

옥단어

 ***** 오래 묵힌 포도주같이 잘 익은 한 편의 연극이 이 겨울 나에게 대학로의 찬 골목길을 마냥 걷게 하였다. 어둠이 두리번거리며 네온등에 내려앉을 때까지 나는 주인공 옥단이 역을 맡은 배우의 수더분하면서도 능청스런 매력에 취해 친구의 팔짱을 낀 채 여운을 즐기려 말없이 걷고 또 걸었다. 그러다가 막다른 골목의 구수한 커피 내음이 흘러 나오는 조그만 찻집에 들어가 언 몸을 녹였다.

 두 손으로 감싼 카푸치노의 피어오르는 향기를 맡으며 팔순 기념 작품으로 《옥단어》를 쓰신 차범석 선생님의 싱싱한 글밭에 감탄하였다.

 처음부터 '옥단어' 라는 제목이 낯설었다. 그러다가 때구정물에 절어 게저분하게 한복을 입고 서 있는 두루뭉술한 여배우의 사진을 보고 아마도 '옥단' 이라는 이름의 주인공을 뜻하는 거겠구나 하고 짐작했다. 그랬더니 역시 '옥단어' 는 '옥단' 을 부르는 목포의 사투리였다. 원래 목포지방에서는 흉허물이 없고 친숙한 사이일수록 끝의 말을 "어—"라고 길게 뽑는다고 한다. 그래서 연극의 제목 이름을 '옥단어'로 지은 것 같다.

이름에서 말해 주듯 옥단이는 덜 떨어지고 약간 모자란 탓에 온 동네 아이들의 놀림감이자 더불어 이웃들에게 사랑을 받는 여자이다. 또 천성이 마치 숲속에 고여 있는 맑은 샘물 같은 여자인지라 누구에게든지 대우도 받는다. 혼자 사는 옥단이는 날품팔이꾼인데 집집마다 큰 일이 있을 때면 도맡아 물도 길어주고 억척스레 허드렛일도 해준다. 그리고 돈에는 도통 욕심이 없어 품삯도 몇 푼 주는 대로 받고 더 달라고 요구도 안 한다.

등신 같지만 동네에서 약방의 감초 같은 옥단이를 보자니 불현듯 우리 동네의 대소사를 도와주는 사팔뜨기 심씨 아저씨가 생각이 났다. 심씨 아저씨는 동네일을 본지 어느덧 반백 년이 넘어 머리에는 서리가 허옇게 내려앉았고, 일흔도 넘어 근력이 없어 보이지만 기차 화통같이 시끄러운 목소리는 요즘도 여전하다.

지금이야 우리 동네가 행정상으로 방화3동이라고 통째로 불리고 사방에는 아파트가 포위했지만, 얼마 전까지만 하더라도 정곡마을, 치현마을, 능마을이라고 아기자기하고 예쁜 이름으로 불리었다. 또 동네 사람들도 외지 사람은 드물고 본토박이 성씨들이 많이 사는지라 누구네 집에서 큰 일이 벌어졌다 하면 꼭 심씨 아저씨가 등장했다.

집주인과 마루에 앉아 이 집 저 집 청첩장을 돌릴 집을 의논을 하는데 웃음이 나는 일은 집주인보다 심씨 아저씨가 돌려야 할 집을 더 줄줄이 꿰고 있는 것이다. 혹여 빠뜨린 이름이 있으면 여지없이 찾아내어 훈수를 둔다. 또 그것만이 아니다. 심씨는 책임감이 강해서 청첩장을 돌릴 때면 그냥 우편함에 꽂아 놓고 가도 되련만 꼭 큰소리로 집 주인을 불러 기어이 손에 전해 주고 누구네 집 혼사라고 알아들을 때까지 당부에 당부를 거듭한다. 또 받은 사람은 받은 사람대로 수고 많다며 집안으로 불러들여 걸걸해진 그의 목을 소주잔으로 적셔 주었다.

심씨 아저씨는 곤히 잠든 동네 아기들의 낮잠을 깨어 놓는데도 선수였다. 그가 대문 앞에서 꺽센 목소리로 아무개를 부르면 얼른 나와서 받아야지 그렇지 않다가는 동네에서 아기들의 합창이 벌어진다. 그러면서도 아기 깼다고 낯 붉히는 동네 사람들이 없었다. 그때 무던히도 울었던 큰딸과 작은딸이 어느덧 자라 작년과 올해에 짝지어 보낼 때 심씨 아저씨를 불러 의논을 하였으니 얼마나 쏜살같이 달려가는 세월인가.

다만 심씨 아저씨는 옥단이처럼 주는 대로 받는 품삯이 아니라 하루 삯이 얼마라고 당당하게 요구하는 것만이 다를 뿐 우리 동네의 고마운 명물이다.

연극이 펼쳐지는 내내 애수에 젖은 '목포의 눈물'이 눈물처럼 흐른다. 바이올린이 울어대는 '사공의 뱃노래……'로 시작되는 곡조가 어찌나 구슬픈지 나도 모르게 한숨을 내쉬며 슬픔에 흠뻑 젖었다. 그러다가 아예 슬픔의 어깨에다 머리를 기대었다.

연극이 끝날 즈음 옥단이의 꽃상여가 무대에 오르고 유달산 위로 하얀 너울이 비추더니 백옥같이 하얀 소복을 입은 옥단이의 혼이 하늘로 올라간다. 살아생전 고운 옷 한 벌 못 입더니 죽어서야 호사를 하는 옥단이의 고운 모습에 빨려 들어가자니 옥단이의 호령소리가 객석을 휘젓는다.

　"지내고 보면 모든 게 먼지 같고, 안개 같고, 바람 같은 것을……. 어디서 낳아서, 이름이 무어고, 직업이 무어고, 재산이 얼마고 따져봐야 여기서는 아무소용 없는디……. 세상 떠날 때는 본디 빈손인디 뭘 욕심내……."

　나는 옥단이의 말이 금세 달아날까 봐 급히 기억의 서랍 속에 꽁꽁 쟁여 놓았다.

　─하늘길에 계신 차범석 선생님께 바칩니다.

49

추억을 걷다

***** 거리에서 궁상맞은 안노인네를 보면 가슴이 미어진다.

길거리가 주는 '내몰림'의 이미지 때문일까. 한결같이 안노인네들에게서 흙먼지 자욱한 바람 냄새가 난다. 안노인네들의 눈동자를 바라보면 삶이 금방 읽힌다. 어딘가 애원하는 듯한, 어딘가 쫓기는 듯한 눈망울에서 그녀들의 한평생 삶이 넝쿨째 딸려 나온다. 한결같이 삶이란 놈의 복병에 걸려 누더기가 되어 버린 스산한 얼굴들이다.

굳이 모파상의 〈여자의 일생〉을 들먹이지 않아도 움추린 눈동자에서 불효한 자식들이 보인다. 쇠심줄 같은 가난이 자식들에게까지 대물림되었거나 아니면 빈 껍데기만 남은 부모가 귀찮아져 돌보지 않거나, 어쩌면 한 점 기댈 만한 혈육도 없거나 그녀들의 온 몸을 빈곤의 질긴 옷이 휘감고 있다.

신호등을 기다리는데 누군가가 내 눈길을 잡아끌었다. 핸드폰가게 앞 먼지투성이 계단에 철퍼덕 앉아있는 어느 안노인네였다. 먹다 남은 붕어빵을 잔뜩 움켜쥔 갈퀴 같은 손 사이로 찬 바람이 분다. 가까이 다가가 잔돈푼을 내밀었다가 그녀의 텅 빈 눈과 마주쳤다. 날 보고 웃는 눈동자가 어찌나 희멀겋게 풀려 있던지 마치 저 너머 딴 세상을 바라보고 있는 듯했다.

자손들은 다 어디로 갔을까. 내 눈에는 왜 이런 안노인네들이 박힐까. 어느 날 이른 아침 우체국에서 땟국물 젖은 꾀죄죄한 보퉁이 옆에 놓고 구석의자에 앉아 흘끔흘끔 눈치 보며 손님용 커피를 홀짝이던 얼굴 새까맣던 안노인네하며, 낡은 유모차에 폐품 나부랭이를 싣고 가뜩이나 꼬부라진 등으로 더욱 힘겹게 밀고 올라가던 안노인네, 길기도 긴 지하철 계단 딱 중간쯤에 동전바구니를 앞에 놓고 외로운 섬 하나 만들며 고개 숙인 백발의 안노인네, 그리고 삐죽 나온 쓰레기봉지 속에 누군가 먹다 버린 케이크 끄트머리를 찍어 먹는 안노인네하며.

그녀들에게서 한결같이 밟히고 밟힌 질경이 냄새가 난다. 아무리 짓밟혀도 다시 일어나 억척스럽게 땅에 뿌리박고 씨앗을 퍼트리는 그 작고 연약한 풀 냄새가.

이십 년 전만 하더라도 '거지' 라 불리는 반 늙은 남자들을 심심치 않게 보던 시절이 있었다. 거지가 "밥 좀 주쇼" 하고 대문을 들어서면 시할머니는 사랑채 바깥 툇마루에 앉으라 하고 "새 아이야 밥 차려 오니라" 하고 나를 부르셨다.

바닥 흙이 찰떡 같은 시어머니의 부엌에 들어가면 묵직한 무쇠가마솥 두 개가 아궁이에 척 걸터앉은 채 반질반질 윤을 뿜어내고 있었다. 빨간 몸통이 앙증맞은 자그마한 석유곤로가 그

옆에 있었지만 시어머니의 사랑을 받는 가마솥의 위엄 앞에는 쪽을 쓰지 못했다. 석유곤로를 돌아 왼쪽에 땔감용으로 볏짚을 쌓아두는 광이 있었는데 그 구석빼기에 뽀얀 먼지를 뒤집어 쓴 나그네 몫의 개다리소반이 늘 걸려 있었다.

개다리소반을 내려서 시할머니 한 소리 날아오지 않게 밥도 고봉으로 한 주발 꾹꾹 눌러 담고 국그릇이 넘치도록 떠서 사랑채 툇마루로 가지고 갔다.

거지가 연신 잘 먹겠다면서 코를 박고 먹는 사이에

"그래, 어디서 왔노? 고향은 어디고? 처자식은 없누?"

시할머니의 궁금증이 와르르 쏟아진다.

밥을 얻어먹는 늙수그레한 남자들은 한결같이 순했다. 밥과 함께 과거를 풀어놓으며 시할머니의 비위를 맞춘다. 거지가 숟가락을 놓고 일어날 쯤엔 시어머니가 한 대접 쌀을 가지고 나와서 거지가 벌린 바랑 속에 쏟아 넣는다. 그 시절 농사짓는 집안의 넉넉한 풍습이었다.

언제부터인가 나무대문이 철대문으로 바뀐 다음부터 거지가 사라졌다. 복이 들어오라고 첫 새벽부터 대문을 활짝 열어 놓았던 한옥 집에 살 적에는 거지도 많았는데 새 집 짓고 철대문을 해 달은 뒤부터 거지가 사라졌다. 초인종이 말하고 철대문이 팔짱을 끼면서 거지들을 밀어내었다. 그러고 보니 철대문 문화가 지하철에서 풍찬노숙하는 집단주의를 만든 것이 아닌가 하는 생각이 든다.

'역'으로 모이는 남자들 대신 길거리에서 안노인네들을 자주 만난다. 지난날의 추억걷기에도 한 생生이 노루꼬리 만큼도 남지 않은 안노인네들이 길에서 헤매고 있다.

안노인네들에게서 지난 시대에 억척스런 아낙들이 겹쳐진다. 먹을 게 없어 쩍쩍 갈라진 논바닥을 헤집고 올망대라도 캐려는 여인네의 모습이. '동학'의 전란 속에서 애비 잃은 자식들을 업고 걸리며 다 헤진 짚신 신고 집을 나서던 질기디 질긴 이 땅의 어미들이 겹쳐진다.

길에서 안노인네를 만나는 날이면 우울하다. 마치 온 나라가 가난했던 어머니 세대들이 거리로 내몰리는 것같아서 하루 종일 마음이 무겁다.

사랑에 매달려

　***** 단전에 힘을 주며 눈을 감으라는 요가강사의 나직한 말소리를 따라 한다.

　새소리, 물소리가 경쾌하게 들린다. 물줄기가 제법 거센 걸 보니 폭포인가 보다. 콸콸거리는 물의 힘이 대단하다. 들숨, 날숨을 쉬며 소리를 따라가다 보니 대나무 잎사귀를 흔드는 바람 소리가 들린다. 내 의식의 흐름은 그 어느 여름날, 바람이 대나무를 악기삼아 청량한 연주를 들려주었던 소쇄원을 떠올리는데 불쑥 생각 한 줄기가 틈을 비집고 끼어든다.

　참으로 치열했던 세이레였다. 마치 패닉상태에 빠져든 듯 불안은 나를 친친 둘러 감고 옴짝달싹도 못하게 만들었다. 건강진단을 받다가 큰 병원에서 정밀진단을 받으라는 의사의 말 한마디에 우주가 정지되었다. 내 위 속을 들여다보는 기계가 낡았던데 오진일 거야. 하루 종일 생각이 머리에 들어앉아 생각을 낳고 또 낳았다. 그 날 이후로 '불안' 이라는 놈과 함께 자다가 벌떡 일어나는 불면의 밤이 시작되었다.

몸과 마음이 건성 공중뛰기를 한다. 모두가 심드렁할 뿐이다. '나'가 무너지려고 하니 '너'를 위한 마음 씀씀이도 하기 싫어졌다. 아무도 모르게 산골로 숨을까. 자존심이 불쑥 고개를 내밀었다.

주위가 부시럭거려 눈을 뜨니 고양이 자세로 바뀌는 중이다. 엎드려서 양손과 무릎을 어깨 넓이만큼 벌리고 등은 고양이처럼 최대한 올리며 시선은 배꼽을 보는 동작이다. 고양이는 몸이 날렵해서 허리 병이 나는 법이 없다며 강사는 허리와 엉덩이를 높이 치켜드는 시범동작을 보인다. 몸동작을 따라 하려니 어깨와 팔뚝이 뻣뻣하게 저려 온다. 틈새를 비집고 다시 '생각'이 고개를 내민다.

무척 당황했다. 낮에는 내면을 숨겼다가 밤에는 칼잠을 잤다. 자는 것 같으면서도 의식은 깨어 있는, 불안하고 또 불안해서 아예 불안을 껴안고 자는, 만약에 불가항력의 선고를 받는다면 어떻게 될까.

그만 생각하자. 여기까지만 생각하기다. 벌떡 일어나 책 속에 코를 박는 밤이 지속되었다.

이번에는 배를 쭉 깔고 엎드려서 얼굴과 다리를 위로 번쩍 드는 동작이다. 만만해 보이는데도 제법 어려운 동작이다. 금세 온 몸에 땀방울이 솟는다. 여기저기서 어이쿠 소리가 들린다. 나 자신을 이겨 보려 숨을 골랐다. 천천히 내 호흡에 맞추어 박자를 세어 본다. 마음이 박자를 세니 몸도 수긋하며 말을 듣는다.

핸드폰의 전원을 끄면서 내가 사랑하던 이들의 얼굴을 떠올린다. 허락한다면 더욱 열심히 사랑하리라. 쓰디쓴 액체가 환자복 소매로 흘리지 않은 내 눈물처럼 떨어진다. 팔에 주사기를 꽂았다. 드디어 수면내시경의 시작이다. 그래 단단해지자. '사랑' 하나만 생각하자 복잡한 기계들이 눈을 부라리는 침대에 누워 '경민아!' 부르며 잠이 들었다.

요가의 끝마무리다. 천천히 온 몸에 힘을 빼며 숨을 고른다. 간신히 단전에 모아놓던 숨을 밖으로 토해낸다. 새소리, 물소리, 바람소리가 잦아들며 자연과 합쳐졌던 마음이 돌아온다. 개운하다.

아득한 저 끝에서 '보호자 분 들어오세요' 라는 말을 들었다. 그리고 '아무 이상 없대. 아무튼 국보급 엄살은 알아줘야 돼' 하는 남편의 밝은 목소리가 귓가에서 들려 왔다.

'아! 그래, 나는 사랑에 매달린 거야.'

2003 학교에선

***** 외줄로 나란히 선 여섯 책상. 남자 3줄 여자 2줄. 29명의 학생들. 교탁에 서서 한일(一)자로 입술을 꼭 다문 여선생님.

교탁 옆 보조책상의 바닥은 떨어져서 벽에 기대어 있고 때가 덕지로 낀 교실바닥은 본래 모습조차 희미하다.

시꺼먼 대걸레 4개는 머리를 위로한 채 교실 뒤에 볼썽사납게 걸려 있고 쓰레기통 주변은 미처 쓸어 담지 못한 먼지 뭉치가 널려 있다.

그 옆, 청소도구함 역시 열려 있어 교실분위기는 더욱 어지럽다.

미처 빠져 나가지 못한 공기는 텁텁한 냄새를 내뿜어 숨을 답답하게 하고 무관심이 같이 섞여 둥둥 떠다닌다.

학부모 자격으로 시험감독을 하러 들어간 중학교 2학년 교실 풍경이다.

"다리 아프시면 뒤에 의자에라도 앉으세요."

앉으라는 선생님의 말씀에 의자를 보니 먼지가 뽀얗다. 휴지로 닦고 앉아 분위기를 보니 선생님은 정면에서, 나는 뒤에서 학생들을 감독하는 구조가 되었다.

문득 궁둥이를 하늘로 치켜들고 마루바닥을 반들반들 윤이 나게 만들려고 양초로 박박 밀었던 시절이 생각났다.

집에서 만든, 반의 반쪽으로 접은 수건으로 청소당번들이 너무 반지르하게 밀어서 아이들이 곧잘 미끄러졌던 그 시절…….
창가에 걸터앉아 반짝반짝 빛나게 유리창을 닦았던 그 시간들은 어느 기억의 창고에 쟁여져 있을까.

그땐 아이들도 선생님도 공부보다는 교실을 더 깨끗하게 꾸미던 그런 시절이었는데.

지금 바라보는 아이들의 뒷모습은 시험열기로 지글지글하다. 시험지를 받기 무섭게 연필이 달리는 소리가 요란스럽다.

마침 내가 지켜보는 시험은 수학시험인데 워낙 골치가 아픈 시험이다 보니 아이들의 뒷모습에서 만 가지 표정이 묻어 나온다.

실내화를 벗고 맨발을 꼼지락거리는 아이, 아예 머리를 책상에 묻고 날 잡아잡수 하는 아이, 검지손가락으로 지휘를 하듯 허공에다 숫자 계산하는 아이, 빨간 플러스펜으로 무섭게 문제풀이를 하는 아이…….

모두 다 무서운 집중력이다. 단 사흘의 시험을 위해 온 몸에 기를 무섭게 풀어놓는다.

지금 앞반에는 부지런히 연필로 말 달리고 있을 내 아이가
있다.

아마 이 반 학생들처럼 온 힘을 다해 시험지와 씨름을 하고
있을 거다.

이제 겨우 중학교 2학년 밖에 안 된 아이는 마치 수험생처럼
밤이 깊도록 책과 씨름을 한다.

햇살이 기지개를 펴려는 아침나절에 학교에 갔다가 집에 오
면 학원으로, 또 학원에서 컴컴한 밤중에야 집으로 돌아오는
내 아이의 하루. 아이의 일상은 어느새 이 땅에 사는 모든 학생
들의 굴레를 닮아가고 있었다. 하루하루를 공부를 위한 공부에
게 바친 삶이다.

갑자기 생각이 안 난다. 나도 다른 엄마들처럼 아이의 성적
에 웃고 우는 엄마였을까.

아이는 공부 스트레스를 우는 일로 푼다.

어느 날도

"나는 왜 이렇게 할 줄 아는 게 없는 거야. 공부도 뛰어나게
못하고 무엇 한 가지도 뛰어나게 잘하는 것도 없고, 그렇다고
보아처럼 얼굴도 예쁘고 노래와 춤도 잘 추지 못하고……,"
하고는 펑펑 울다가 잠이 든다.

그러다가 깨어나면 다시 말간 얼굴로 돌아와 책상 앞에 앉는
다.

많은 것을 누리고 있는 지금 아이들과, 언제나 부족했던 예
전 아이들 중 어느 쪽이 더 행복할까?

공부보다도 선생님과 아이들이 다정하게 교실을 닦고 꾸미던 그 때와 청소보다도 공부에 많은 힘을 쏟는 요즘 아이들의 행복의 두께는 얼마큼의 차이일까.

팽팽한 교실에서 눈을 빛내며 열심히 답안을 푸는 아이들을 보며 나는 우매한 답을 냈다.

─지금 학교에는 공부만 살아있고 교실은 없다.

세월

***** 어머님과 한 울타리에서 산 지 어느덧 34년째이다.

그러고 보니 사뭇 개성이 다른 고부가 서로 결혼이라는 이름으로 만나 참으로 무던하게 오랜 세월을 헤쳐 왔구나 하는 감회가 새로웠다.

어머님과 나는 성격과 생각하는 가치관이 전혀 다르다. 갓 시집왔을 때부터 틈만 나면 책만 끼고 살려는 며느리에게 어머님은 당신의 틀에 맞게 길들이려고 '죽으면 썩어질 몸 아껴서 무엇하리'를 수없이 되뇌이며 길들이기에 열을 올렸다. 그리고 당신은 새벽같이 일어나서 잠들 때까지 한시도 쉬지 않고 집 안팎의 일을 찾아 일거리를 만들어 가며 하루를 보냈다. 일 속에서 보람을 찾았던 것이다.

숨이 턱턱 막혔다.

그리고 과연 내가 꿈꾸던 결혼이 이렇게 일 덩어리 속에서 허우적거려야 하는가 하고 비상 탈출을 꿈꾸기 시작했다. 열한 명의 가족들 사이에서 하루 온 종일 동동거리는 사람은 어머님과 나 둘뿐이고, 시할아버지 이하 다른 가족들은 각자의 틀에 맞게 대접만 받는 현실이 정말 견디기 어려웠다. 그러나 용감하게 싫다는 내색은 못하고, 손은 일상의 일을 하면서도 머릿속으로는 늘 여성이 겪는 부당성에 대한 생각으로 맴돌았다.

어머님은 일을 썩썩 찾아서 해내지 못하는 나 때문에 애깨나 태우셨다. 또한 어머님은 당신의 표현대로 몸놀림이 재셨다. 동네에 수도가 들어오지 않아 집 앞마당에 펌프질로 생활용수를 쓰던 시절, 어머님은 머리에 천근 같은 열한 식구의 빨래 함지를 이고 동네 한가운데에 물맛이 좋아 거품이 잘 나는 마타리우물로 빨래하러 가셨다.

그리고 뽀얗게 빤 빨래들을 빨랫줄에 가지런히 널으셨다. 그러다가 힘이 들면 돈이 이렇게 빨래처럼 쌓였으면 좋겠다고 푸념을 하다가도 혹여라도 내가 빨래의 구김을 손으로 판판이 펴서 널지 않으면 어느새 꾸지람이 날아왔다. 하얗게 삶은 빨래가 빨래집게에 몸을 맡긴 채 얌전하게 펄럭여야 기분이 좋으셨던 것이다.

아슴프레 떠오르는 기억의 책갈피 속에 내 방 구석배기에 보자기로 싸놓은 내 빨래 뭉치가 생각난다. 우리집 우물물은 짜서 때가 잘 지지 않아 빨래터로 나가야 했던 신혼시절, 나는 내 빨래를 차마 어머님께 내놓지 못해 보자기로 싸 두었다. 그러다가 외출이라도 하고 돌아오면 내 빨래 뭉치는 날개를 달고 따스한 햇살에 몸을 말리고 있었다.

책갈피 어디쯤에서 어머님의 다듬이 방망이 소리가 토닥토닥 들려온다. 차갑고 반지르한 회색빛 다듬이돌과, 일년 내내 한복만 고집하신 시할아버지, 시할머니의 빳빳이 풀 먹인 한복과, 풀기를 잠재우려 리듬에 맞춰 두들기던 다듬이 소리……. 우리 집은 동네에서 제일 늦게까지 다듬이질 소리가 나는 집이었다.

그때…… 내내 소원이 있다면…….

혼자이고 싶었다. 그저 썰물처럼 빠져 나간 빈 집에서 커피를 마시고 책을 뒤적이며 마냥 생각에 잠기고 싶었다. 집안 일은 대충대충 하고 그저 느리게 가는 시간의 흐름을 내 것으로 만들고 싶었다. 잠시나마 4대가 북적거리는 틈바구니에서 방해 받지 않는 온전한 나의 해방공간을 갖고 싶었다. 그저 이런게 소원이었다.

어느 날 시할머니에게 치매라는 불청객이 찾아왔다. 그리고 어머님의 고단한 삶은 더 무거워져 갔다. 갓난아기 같은 지능으로 돌아간 시할머니의 수발은 온전히 어머님의 몫이었다. 어머님의 소리없는 전쟁이 시작된 것이다.

어쩌다 어머님이 며칠간 여행을 다녀오실 때가 있었다. 그래서 할머니의 전부를 내가 책임지게 되었다. 아침에 일어나기가 바쁘게 제일 먼저 할머니의 세수를 씻겨 드려야 했다. 밤을 지샌 할머니의 모습은 말이 아니었다. 나는 차마 어머님처럼 맨

손으로 닦아 드리지 못했다. 그러면서 며느리와 손주며느리의 마음의 깊이는 이런 거구나 생각하고 공연히 죄스러웠다. 그러나 어머님 오시는 날까지 장갑을 벗지 않았다.

일년 사이로 큰 딸과 작은 딸이 결혼을 했다.

싱그러운 오월의 꽃처럼 고운 미소를 띄고 각기 사랑하는 사람을 만나 내 곁을 떠나갔다. 결혼식 때마다 딸들의 뒷모습을 보면서 문득 세월의 강을 거슬러 올라가 꼭 내가 딸아이 만할 때 나를 반겨주던 젊은 어머님의 모습을 떠올렸다. 그리고 나도 어느덧 그때 어머님의 나이만큼 먹어 딸들을 짝지어 보내는구나 하는 생각에 마음이 젖어 왔다.

어머님과 나는 오랜 세월 물속에서 몸을 닦고 있는 돌덩이를 닮은 것 같다.

나란히 마주 본 두 덩이가 처음에는 모서리마다 날이 서 있다가 부드러운 물살의 힘으로 둥글둥글 닳아지듯이 어머님과 나도 세월의 힘으로 이렇게 서로가 서로에게 편해지지 않았나 하고.

지금은 예전처럼 어머님의 꾸중이 마음 속에 켜켜이 쌓이지 않는다. 서운하다가도 어머님을 바라보면 얼굴 가득한 주름이 안타깝고 그래도 기운이 펄펄하시구나 하고 마음이 놓인다.

몇 해 전에 어머님과 내가 '강서농업협동조합 창립 30주년

기념 한마음대회'에서 주는 '훌륭한 고부상'을 탔다. 어머님은 이 상장을 자랑스레 잘 보이는 거실 한가운데에 놓으셨다.

　ㅡ어진 어머니와 효성이 지극한 며느리로서 가족이 함께 살며 이웃에 모범이 되므로 이 상을 드립니다.
라는 내용의 상장을 볼 때마다 꼼짝없이 잡혔구나 하는 생각이 드는 것은 웬일일까. 마치 어머님을 대신해서 이 상장이 나에게 '상 받은 값을 해야지' 하고 감시를 하는 것 같은 생각이 들기 때문이다.

뒷간, 지금은 사라지는

***** 우리나라의 뒷간문화는 어둠이었다.

살림채와 별도로 뒷마당에 따로 떨어져 있어 수많은 동심들을 멍들게 했다.

밤하늘을 바라보면 와르르 별들이 쏟아지던 그 숱한 밤들을 아이들은 제 발자국 소리에도 놀라면서 두려움에 몸을 움츠리며 뒷간 출입을 해야만 했다.

막내 오라비와 공유했던 빛바랜 날들의 뒷간 이야기들. 시커멓게 입을 딱 벌린 뒷간의 구멍이 무서워 문을 활짝 열어놓고 '오빠 가지마'를 연신 되뇌이던 단발머리 아이. 오라비는 귀찮다고 성을 내다가도 무서워하는 나에게 가만가만 노래를 불러주었다. 노랫소리는 든든한 방패처럼 주위에 장막을 둘러치고 나를 지켜주었다.

물끄러미 올려다본 밤하늘의 별들은 어느새 내려와 내 손바닥에 수북하게 담겼고 마주보고 떠 있던 달도 내내 나와 동무

해 주었다.

갓 시집온 새색시 시절, 시집의 뒷간은 항상 만원이었다. 열한 명의 식구에 비해 뒷간은 쪽문을 열면 처마밭 뒤에 딱 한 곳 밖에 없으므로 이른 새벽부터 북적거렸다.

새색시는 부끄러워 어쩔 줄 모르고 '어험' 기척소리에도 놀라 저만치 달아나던 그런 시절이었다. 그러다가 며칠도 안 가서 담방 '나 안에 있노라'의 신호가 헛기침 소리인 것을 알게 되었다.

'어험', '으으흠' 시할아버지와 시아버지의 기침소리는 저마다 주인의 특색이 있었다. 곤혹스러워 일부러 신발 끄는 소리를 낮추어도 어느새 알았는지 뒷간에서는 특유의 소리가 들려왔다.

달포가 지난 어느 날, 시집의 뒷간은 허물어지고 그 자리에 방처럼 넓은 화장실 두 채가 지어졌다. 새 며느리가 들어와 그러려니 했던 관습이 흔들리니 오히려 민망스러웠던 시어른들의 결단이었다.

그 뒤로 뒷간 하나를 두고 주고받던 헛기침 소리와 겸연쩍어 종종걸음치던 3대의 소리가 사라졌다.

나는 우리나라에서 제일 슬픈 뒷간을 알고 있다.

뻥 뚫린 아가리까지 돌무더기로 가득 차서 아직도 비통한 역사의 사연들을 가슴에 품고 있는 노동당사의 뒷간이 바로 그것이다.

여행 중에 만났던 강원도 철원의 구시가지에 있는 노동당사는 1946년 공산당이 건축한 근대건축물이다. 아직도 검게 그을린 자국이 선연한 3층 콘크리트 건물은 포탄과 총탄자국과 함께 외벽 뼈대만이 을씨년스럽게 남아 있다.

6.25전쟁 당시 북한은 수많은 애국지사들을 총알도 아깝다고 철사줄로 꽁꽁 묶어서 이곳 철원 노동당사까지 끌고 온다. 그리고 지하감방과 당사 뒤편 방공호에서 무참히 살해한다.

이야기만 들어도 소름 끼치는 건물 내부를 둘러보던 중에 일층과 이층 구석배기에 웅크리고 있는 여섯 개의 뒷간을 발견했다. 흘깃 들여다본 시멘트 벽에는 돌멩이로 쓴 듯한 애국지사들의 애통한 사연이 절절하게 울고 있었다.

얼마나 힘들었을까 뒷간은. 가차없이 죽어 나가는 참상을 보면서 고문에 지친 몸을 받아주면서 너무나 애통했을 것 같다. 수많은 이야기들을 풀어놓지 못한 뒷간은 지금도 숨막혀 꺽꺽대고 있을 것이다.

나는 우리나라에서 제일 행복한 화장실을 알고 있다.

바람 한 점 없어 걷는 것조차도 버겁던 어느 해 여름, 유네스코에 등록된 수원 화성을 둘러보던 중에 만난 서구풍의 채광이 밝은 '팔달문소라각 화장실'에서였다.

안에 한 발 내딛는 순간 어디선가 들려오는 청아한 새소리와 은은한 향수 냄새에 마치 카페라도 잘못 들어온 줄 알고 다시 나간 적이 있었다.

그때 만난 햇살은 얼마나 눈부셨던가. 커다란 유리창을 뚫고 들어온 빛나는 햇살은 퀘퀘한 습기를 말끔히 걷어가 버리고 환한 무채색의 밝음이 자리잡고 있었다.

지금도 굽이굽이 돌아가며 몸을 누인 고풍스러운 회색빛 수원 화성을 생각하면 화사한 화장을 한 마음을 맑히는 팔달문소라각 화장실이 떠오른다.

이제는 정말 어두운 뒷간문화는 역사 속으로 사라지고 밝고 깨끗한 화장실문화가 자리잡은 세상이 되었다.

유월의 바람에게

*****현충원에 들어서면 고즈넉한 침묵의 무게가 느껴진다. 아름드리 짙은 그늘을 드리우고 있는 오디나무에게도, 또 나무 꼭대기에 올라앉아 열매를 따먹는 몸집 큰 까마귀에게서도 묵직한 어둠이 있다.

뜨거운 6월의 뙤약볕 아래 지상에서 한 뼘 나란히 열을 지어 서 있는 묘비석들에게는 그들만의 애끊는 사연이 깃들여 있다.

'동쪽 11번. 무명용사 묘역'이라고 쓴 구역을 들어서면 도로 쪽 맨 아래컨에 '묘비번호 11878. 1951년 2월 25일 영동지구에서 전사. 육군 하사 최우식의 묘'라고 쓴 가녀린 묘비석이 있다.

이곳에는 올해도 무거운 다리 끌고 묘비석을 끌어안고 서 있는 77세의 누님과 6.25전쟁 한가운데서 27세 미혼의 창창한 꿈을 접은 동생의 이야기가 있다.

60년 저 편의 세월, 누님의 기억은 아직도 생생해서 어느덧 동생보다 두 배나 더 많은 나이를 먹은 큰딸에게 한숨과 함께 그날의 비극을 가만가만 토해낸다.

"왜 겨울 꼬리가 조금 남았을 때가 더 춥잖니. 그 날은 진눈깨비가 휘날리고 눈이 몹시 쏟아지던 나쁜 날이었단다. 초저녁인데도 한 치 앞도 분간 못하는 어둡고 이상한 날이었다는구나. 중대장과 우식이와 또 한 명 계급은 모르겠다. 이렇게 셋이서 밤 순찰을 나갔댄다. 그곳은 말이다. 전쟁이 악다구니치는 산중이라 우식이 부대에서는 군데군데 깡통을 매달은 철조망을 설치했더란다. 그날 따라 웬 바람은 그리 부는지 깡통이 뎅그랑거리며 흔들리는 소리가 요란했대. 암호…, 왜 군대에서는 암호가 중요하대잖니. 그 놈의 암호가 우식이 목숨을 앗아간 거다. 겁에 질린 보초병의 오인사격을 받고…, 글쎄 우식이 허리 아래는 온통 피투성이였대잖니. 같이 갔던 두 사람은 천행으로 살았단다. 암호…, 암호를 왜 그리 늦게 대답했는지…, 아마 우식이가 착하고 느려서 그랬을 거야."

6.25전쟁이 끝나고 나서도 기다리던 동생은 소식이 없었다. 아니 전사통지서조차도 없었다. 누님은 애면글면 동생의 안부를 묻고 또 물었다.

"누님! 가만히 있으슈. 내가 찾아드리리다."

마침 5.16군사혁명으로 소사(부천시) 읍장이 된 이웃주민 서무송 씨가 나섰다. 서무송 씨가 동생이 복무하던 육군 공병단에 찾아가서 알아보니 전사자 명단에 주소 불명으로 적혀져 국립현충원에 안장되었다고 나왔단다.

결혼도 안 해서 기다리는 처자식도 없고 부모님 또한 군대 가기 전에 돌아가셨고 피붙이 누님 하나 있다는 말은 들었으나 부대에서는 주소 불명으로 처리했다고 한다. 그래서 전쟁이 끝났는데도 바람결에라도 기다리는 동생의 소식은 묻어 오지 않았다.

육군 하사 최우식의 집은 우이동에서 제법 잘 사는 최부잣집이었다. 경주최씨의 고풍스런 조선 기와집에 추녀가 멋드러진 마당 넓은 큰집이었다.

지금의 4.19탑 주위의 땅이 거의 육군하사 최우식의 땅이었단다. 6.25전쟁이 끝나도 최우식의 소식이 없자 집안의 사촌조카 아들이 노름을 하다 그 많던 재산을 다 잡혀서 흐지부지했다고 한다. 게다가 재산을 가로챌 때 육군 하사 최우식이 군대 가서 죽은 것이 아니라 병을 앓다 집에서 죽은 거라고 가짜 의사 진단서까지 첨부해서 말이다.

소사읍장인 서무송 씨는 이 모든 거짓된 사실을 진실로 바로 잡자고 누님에게 간곡하게 말했으나 누님은 괜찮다고 말렸다고 한다. 이왕에 죽은 우식이가 국립묘지에 묻혀 있다는 사실을 알아서 기쁘다. 지금 바로잡자고 고발을 하면 집안의 사촌조카 아들과 재산 탈취에 연관된 사람들 모두 감옥에 들어갈 테니 그냥 묻어두자고 했단다.

6.25전쟁은 이렇게 한 청년의 미래의 삶과 꿈을 앗아갔다.

누님은 뙤약볕에 달구어진 비석에 얼굴을 가만히 대어본다.

"우식아. 내 아우 우식아."

유월의 더운 바람이 한 웅큼 불어와 누님의 이마주름을 간질이고 오지 않는 동생처럼 저만치 달려간다.

1950년 6월 25일 한낮. 그날의 햇살도 지금처럼 주홍빛 무더위였을까?

묘비석을 배경으로 생각에 잠긴 친정어머니를 향해 카메라 셔터를 눌러본다. 그리고 바람에게 물어본다. 어머니는 앞으로 얼마의 세월만큼 현충원의 유월을 맞이할 수 있겠니? 하고.

에헤루야 경복궁

*****맑은 가을빛이 경복궁 뜨락을 환히 비춰주고 있었다. 때마침 시간이 딱 맞아서 화려하게 펼쳐지는 수문장 교대식을 바라보다가 대문을 활짝 열어젖힌 광화문에게 눈길이 갔다.

마침 며칠 전에 읽었던 설의식의 수필 〈헐려 짓는 광화문〉이 마음 속에 생생하게 살아나서인지 광화문을 대하는 느낌이 여느 때와 사뭇 다르다.

읽을 때에도 가슴이 뭉클했는데 이렇게 서서 광화문의 뒷모습을 바라보자니 참 나라의 운명 따라 헐려졌다 지어졌다 하는 풍상 많은 광화문이 너무나 안쓰럽다. 게다가 나중에는 하다하다 철근 콘크리트 다리까지 얻어 달고 있으니 무슨 말로 어떻게 위로를 해야 할까.

조선왕조의 정궁이기에 더욱 더 굴곡이 많았던 경복궁을 지켜준 남쪽 수문장 광화문에게 정말 장하다 하고 나의 존경을 바친다.

어느덧 수문장 교대식이 끝을 향해 치닫는 모양이다. 교대를 끝마치고 퇴궐하는 현란한 관복을 입은 취악대의 북소리와 나팔소리가 고즈넉한 궁궐을 배경으로 군중들과 함께 가을 속으로 녹아든다.

저기 한 무리 속에 일본 말이 쏟아진다. 가만 보니 수학여행을 온 일본의 남녀 중학생들 같다. 학생들은 재잘거리며 경복궁을 배경으로 사진 찍느라 짧은 치마 밑으로 드러난 건강한 종아리를 내놓고 예쁜 미소가 한창이다.

이 그림 같은 광경을 보다가 건듯 불어오는 서늘한 바람과 함께 나는 가슴을 쓸어내린다. 지금은 흥례문으로 다시 복원했지만 예전에 그 자리에 버티고 섰던 일제의 상징물, 헐어 버린 조선총독부가 생각났기 때문이다. 아직도 이 건물이 버티고 있다면 필경 저 학생들의 자랑스러운 사진감이 되었을 거다.

사실 나는 조선총독부를 헌다고 할 때 그래도 불행했지만 우리 미운 근대사의 역사유적인데 보존하는 것이 순리가 아닐까 하는 생각을 했다. 그런데 지금 보니 잘했구나 하는 생각이 든다. 궁궐 앞을 가로막은 조선총독부의 존재는 가뜩이나 일제에게 힘으로 눌려 통한의 세월을 보냈던 경복궁의 위엄을 우리 손으로 또 한 번 욕보이는 결과가 되기 때문이다.

1395년 9월 태조4년에 준공된 경복궁은 임진왜란 때 선조를 원망하는 백성들에 의해 아깝게도 불에 탔다. 그리고 그 후 열한 분의 임금님들이 엄두를 못 내어 273년 동안이나 잡초만 수북이 쌓였던 빈 터를, 1867년 고종4년에 흥선대원군은 오로지 왕실의 존엄과 나라의 위신을 높이기 위한 집념으로 이 어려운 경복궁 중건 공사를 밀어 붙였다. 이렇게 멋들어진 경복궁을 완공하고 대원군은 얼마나 호탕한 웃음을 터트렸을까.

5년간에 걸친 경복궁의 대 역사役事는 참으로 고단했을 것이다. 대원군은 턱없이 모자라는 공사기금으로 세도가들에게 원납전願納錢을 거두고서도 모자라 새로이 당백전當百錢을 찍는 편법까지 썼다. 그래서 돈의 가치는 떨어지고 장바구니 물가가 폭등했다고 하니 백성들의 삶은 얼마나 고달팠을까.

여기에 보태어 대원군은 도성을 출입하는 백성들에게 문세門稅를 걷고 양반들에게까지 군포軍布를 걷었다니 정말 어마어마한 자금이 들어가는 대공사였다. 그러나 강력한 지도자 대원군은 정면 돌파력과 추진력으로 드디어 해내었다. 그리고 지금 나는 이 아름다운 가을빛에 젖어 있는 고즈넉한 경복궁을 바라보며 감탄에 젖어 있다.

사진으로 보았던 흥선대원군의 얼굴과 드라마 '용의 눈물'의 주인공 유동근이 그려내었던 카리스마가 강한 대원군의 얼굴이 서로 겹쳐져서 '그것 보아라. 내가 이렇게 힘들게나마 지었으니 오늘날 너희가 이렇게 멋들어진 궁궐을 보는 것이 아니더냐' 하며 껄껄 웃는 것같다.

그 당시 백성들에게 유행했다던 '경복궁타령'은 참으로 흥겹다. 가사를 가만히 낭송해 보아도 부역에 대한 고단함보다 대원군을 칭송하는 마음이 엿보여서 왠지 대원군의 인기가 하늘을 찔렀을 것같다. 그러나 한 편으로는 흥겨움 속에 숨겨진 힘든 노동을 참아내려는 역설이 보인다.

　한양천도 오백년에/ 천하영웅 국태공/ 천우신조 복 받으며/
국태민안 경복궁을/ 백성들의 충성으로/ 구름 높이 이룩했네/
에헤루야 상사디야/ 에헤루야 상사디야

　감히 무엄하게도 경복궁을 헐어 팔았던 시대가 있었다. 일제
는 1910년 경술국치 이후부터 궁가宮家나 전각殿閣 등 200여 동
의 건물을 뜯어서 팔기 시작했다. 그래서 근정전과 경회루 등
10여동 밖에 남지 않았다. 이것은 다 우리나라 역사를 없애려
는 하늘도 용서치 못할 만행이었다.
　그러나 세월은 흐르고 흘러 지금은 경복궁 근정전이 4년간의
보수공사를 끝내고 웅장한 모습을 드러냈다. 문화재청이 꼼꼼
한 고증을 거쳐 올린 기와와, 같은 색이라도 농도를 다르게 표
현하여 세계적으로도 독특하다는 평을 받은 단청을 아름답게
복원해 놓았다. 이런 시대에 살고 있는 나는 얼마나 행복한가.
　수문장 병사들이 외국 관광객들에게 둘러싸여 사진찍기가
한창이다. '김치'가 빚어낸 환한 미소가 경복궁의 가을 속으로
녹아든다.

2부
길은 역사를 낳고

산동백, 그 노란 물결

*****늘 의문이었다.

김유정의 소설 〈동백꽃〉의 주인공 말괄량이 점순이가 소작인의 아들을 한창 퍼드러진, '노랗고 알싸하고 향긋한 동백꽃' 속으로 밀어 함께 꽃구름 속에 푹 파묻혔는데 이 대목에서 나는 노란 동백꽃의 정체를 알아내느라 탐정 노릇을 한 적이 있었다.

읽을 때마다 입가에 웃음이 영그는, 시공간을 건너 내 서재까지 넘어온 김유정이 내뿜는 마력에는 언제나 내 마음도 꽃처럼 풀어진다. 그럴 때마다 지레짐작으로 몇 년 전 땅끝마을 보길도에서 만난, 농염하게 피어 진하디 진한 빨간 색깔로 나를 유혹하던 풍만한 동백꽃이 떠올랐다. 그 뇌쇄적인 웃음이 아직도 내 가슴에 꽂혀서인지 나는 빨간 동백꽃의 심장 한가운데 박혀 있는 노란 꽃가루 담뿍 묻힌 암술이겠거니 하고 성급한 결론을 내었다.

그런데 드디어 수수께끼가 풀렸다. 땅 속에서 봄의 정령이 폭죽을 터트리는 4월의 첫 일요일이었다. 바로 강원도 춘천 실레마을 김유정 문학촌에서 그 해답을 얻었다. 노란 동백꽃이 생강나무 꽃이란다. 이곳 강원도 사람들은 생강나무 꽃을 산동백으로 부르는데 김유정은 '노란 동백꽃' 이라는 기막힌 표현으로 꽃냄새를 신비하게 그려냈다.

언뜻 보기에 생강나무 꽃은 우리가 잘 아는 산수유 꽃과 한 자매같이 닮았다. 그래서 종종하게 가득 매달려 환한 꽃등이 눈부신 노란색 꽃만 가지고는 쉽사리 구별하기 어렵다. 다만 비결이 있다면 생강나무는 세월을 안으로 거둬들이고 삭히어서 숱섶실이 맨드르하고 산수유나무는 세월이 머물고 간 자리를 숨김없이 드러내어 겉껍질이 결무늬 그대로 거칠고 털털하다.

문학관을 나와서 뜨락을 둘러보니 담곁으로 비리비리한 생강나무 서너 그루가 어린 티 줄줄내며 노란 웃음을 수줍게 날린다. 정말 '알싸하고 향깃한 내음' 일까, 손톱만한 꽃송이를 떼어 냄새를 맡아본다. 향기가 희미하다. 책을 읽을 때마다 상상하던 마치 '봄이 꽉 찬, 그래서 질식할 것 같은 그런 내음' 이 아니다. 슬그머니 실망이 되어 이러면 좀 실감날까 하고 엄지와 검지 손가락 사이에 꽃잎을 놓고 비벼보았다. 꽃잎이 문대겨져 눈물이 나오려는 찰나에 그제서야 약간 매운 향이 숨죽이며 비죽거린다. 아마도 이 향이었을 거다. 향기가 떠나갈까 봐 숨을 참는데 웃음이 나오려고 한다.

남의 속도 몰라주는 영 숙맥인 소작인의 아들을 우리의 점순이는 오죽하면 꽃더미 속으로 떠다밀었을까. 또 얼마나 생강나무 꽃이 지천이면 둘이는 아예 꽃이부자리 속에 푹 파묻혔을까. 푸른 청춘의 냄새와 함께 버무려졌을 아찔한 꽃향기 속에 아마도 내려다보는 금병산도 숨이 막혔을 것 같다.

김유정은 〈동백꽃〉을 통하여 거들먹거리는 지주의 권세를 업고 수탈하는 마름과 절대적으로 굽실거릴 수밖에 없는 소작인의 비참한 생활을 고발했다. 당시에 지주는 소작료에 수리조합비다 비료대금이다 하면서 농사의 8할까지 수탈을 했다. 거기다가 경조사요 노력봉사요 하면서 토지를 미끼로 소작인을 노예처럼 부려먹었으니 오죽하면 30만 명 가까운 조선의 농민들이 개나리봇짐 싸고 북간도로 이주했겠는가.

이런 비참한 현실을 김유정은 순수하고 명랑한 점순이와 소작인 아들의 풋내 나는 사랑 이야기로 덮어주어 진한 슬픔을 안으로 감추었다.

문학관 왼편 길을 소롯이 걸으니 바로 김유정이 낳고 자란 초가지붕을 머리에 인 양반가집 생가가 있다. 열려진 대문 안으로 들어가 미음자 모양의 툇마루 응달에 걸터앉으니 마음이 나붓해진다. 집안의 대소사를 치룬 안마당은 의외로 자그마한데 마당 한 귀퉁이 세 개의 키 낮은 굴뚝에 햇살이 빗금을 그으며 놀고 있다.

밥짓는 연기가 올라가지 못하게 끼니 때마다 시원한 연기 한 번 못 내었을 굴뚝이 왠지 모르게 처량해 보여 가만히 바라본다. 그래. 숨 한 번 길게 내뿜지 못해 힘들었겠구나. 그런데 너는 아니? 미칠 것 같은 사랑앓이를 앓고 23살 때 고향으로 내려와 야학교 금병의숙을 세운 너의 주인은 밥이라도 제대로 먹었는지. 형 유근의 방탕으로 천석 지주 부친의 유산이 바닥이 났는데 집이라도 제대로 남아있어 두 다리 뻗고 잠이라도 잤는지…….

이 네 해 뒤에 가난병 폐결핵에 걸려 닭 아니면 뱀을 고아먹었으면 소원이 없겠다던, 29세에 요절한 아까운 천재작가의 이야기를 역사 속에 부대끼던 굴뚝이 풀어낼 것만 같아 안타까이 눈길을 떼지 못했다.

버스에 몸을 싣고 마을을 돌아 나오는데 마주 보이는 금병산 자락에 산동백 그 노란 물결이 흔들리며 눈이 부시다.

망이산성을 오르며

***** 살아낸다는 일이 이리 힘들까
올라가는 길은 끝이 없다
휘몰아치는 내 안의 폭풍과 싸우며
유리알 눈 언덕에서 휘청이는 찰나
천상의 순결인가
계곡 언저리
한 무더기 왕버들의 숨쉬는 소리

흐린 봄 속에서 냉혹한 겨울을 만났다. 망이산성 올라가는 길의 반들반들한 눈벌판을 떠올리기만 해도 그 '하얀'이 아직도 눈에 선하다. 가도 가도 정상인 매산사는 보이지 않고 봄 옷 속으로 파고드는 바람만 차다. 게다가 산길 중간쯤에서 딴딴한 얼음길을 만났을 땐 그만 내 마음마저 덩달아 얼어붙어 버렸다.

후두둑 떨어지는 얼굴의 땀방울을 훔치며 기운이 넘쳐나 보이는 덩치 좋은 어린 제자의 손힘을 빌렸다.

"아직도 멀었나요?"

망이산성 해설을 하실 윤명철 교수님에게 몇 차례 핸드폰을 걸었으나 거의 다 왔다는 대답만 날아온다. '견뎌내야지' 마음을 비우고 미끄덩거리며 올라갔다. 너무나 힘이 들어서 마음도 하얗게 비워져 갔다.

그러다가 넘어지면서 저기 깎아지른 계곡 언저리의 하얀 눈 속에서 피어난 잘 생긴 왕버들의 하늘거림을 보았다. 겨울을 딛고 일어선 봄의 경이였다.

눈부신 왕버들의 날갯짓을 보니 불현듯 살아내기 버거웠던 내 삶의 한 단락이 떠올랐다. 서른 시절의 나는 늘 같은 꿈을 꾸었다. 골목길 같은 미로를 가는 꿈이었는데 꿈이 끝날 무렵이면 늘 신발 한 짝을 잃어 버렸다. 그러다가 지나온 길을 되짚어 오면서 신발 한 짝을 찾아 쩔쩔매고 헤맸다. 그러다가 깨어 보면 새벽이었다. 우두커니 앉아 저 방 바깥으로 나갈 시간이 오지 않았으면 했다.

'해라' '하지 마라' 에 움직이는 일상의 나날이 못 견디게 버거웠다. 마치 타인의 삶을 살아내는 양 마음을 붙이지 못했다. 시키는 일에 순응하는 수동적인 삶이 싫었다. 도대체 내가 원하지도 않는 '관습' 이란 이름으로 해야만 하는 모든 일이 싫었다. 조선시대 음전한 양반 여인네의 예의범절은 어머님의 옷이지 내 옷은 결코 아니었다.

그때 나는, 진정한 나는, 나의 내면 속에서 숨도 쉬지 못하고 타성적인 삶을 살아낸다고 느꼈다. 온전한 내 삶을 살고 싶었다. 가정경영도, 다른 모든 것도, 내 마음이 이끄는 대로 꾸려가고 싶었다.

혼자이고 싶었다. 모든 의무와 책임에서 벗어나 온전한 내 안의 나를 펼쳐 보고 싶었다. 그러나 아이들의 초롱한 눈동자가 별이 되어 나를 붙잡았다.

어느 날, 나는 내 안의 나와 타협을 했다. 그리고 나를 반 정도 버린 다음에야 흐르는 세월 속에 나를 묻힐 수 있었으며 나의 삶에게 겨우 웃어줄 수 있었다,

그즈음엔 책이 물에 젖어 불어터진 적이 많았다. 주방에서 서성이는 시간들이 아까워 설거지하는 높이에 선반을 매달아서 책을 올려놓고 읽어대었다. 그리고 물에 젖은 손으로 책장을 넘기느라 퉁퉁 불어서 부피가 늘어난 책을 잠재우려고 베개 밑에 놓고 잠잤던 숱한 날이 있었다.

책 속으로 마음을 떠나보낸 적도 많았다. '나' 가 꿈틀거릴 때 밤새워 책을 읽으며 새벽을 맞이할 때에야 평온한 마음이 되었다. 모두가 지나간 서른 시절이었다.

드디어 매산사에 올랐다. 산꼭대기에 자리한 아담한 매산사는 대웅전도 삼신각도 나무들도 눈 속에 하얗게 파묻혀 있었다. 아직 올라오지 못한 회원들을 기다리는 아이들은 절 마당한 귀퉁이에 매달은 종을 하릴없이 치고 있었다.

"자! 여기에서 조금만 더 올라가면 고구려군이 진을 쳤던 망이산성입니다."

다 왔나 했더니 또 다시 올라가야 한다. 풀린 다리로 따라 올라가다가 헬기장이 보이는 곳에서 멈춰 섰다. 그리고 나름대로 고구려군이 매산사 뒷켠, 천혜의 낭떠러지를 등지고 산성을 쌓은 이유를 가늠해 보았다.

신라군을 망이(오랑캐)라고 부르는 고구려군의 마음이 되어 저 아래 까마득한 길을 내려다보았다. 그리고 나는 망이산성 정상 대신 선택한 왕버들 하나를 하산길 내내 마음에 품고 내려왔다.

연꽃마을 무안

*****전남 무안을 생각만 해도 청아한 연꽃내음이 가득 차 오른다.

상상의 바다 저쪽, 녹색바다 연꽃 연지에서 물씬 피어오르는 연향기와 연잎 갈피에 숨어 수줍은 듯 은은하게 피어 있는 연분홍과 하얀 꽃물결이 넘실거린다.

무안은 잘 사는 농촌이다.

무안의 현명한 지도자와 군민들이 손을 잡고 연꽃이라는 문화상품을 만들었다. 그래서 여름이 오면 '연꽃축제'로 온 나라가 맑은 연향기에 매혹 당한다.

일본 오이타현도 무안과 같이 '온천수'라는 문화상품으로 관광객을 끌어 모았다.

오이타현은 여기저기에서 펄펄 솟아오르는 뜨거운 온천물을 스토리로 만들어서 연출시켰다. 온천 입구부터 사람 키보다도 더 큰 시꺼먼 간판에 해지옥海地獄이라고 써놓고 한 술 더 떠서 부글거리는 용암을 상상하게끔 붉은 물감 풀어놓은 온천수가 용솟음친다.

　그리고 이 지옥 같은 광경을 진정시키려는 듯 여관 뒷마당에는 고즈넉한 자연 노천탕이 숲의 정령의 보호를 받으며 따뜻한 김을 서리고 있다.

　일본은 진작부터 농촌마을마다 일품一品 운동을 벌여 지역특산물을 관광상품으로 내세운 정책을 펴왔다.

　나는 무안군의 거대한 연꽃방죽과 만난 순간 십년 전에 본 일본의 시골읍 오이타현의 풍요를 떠올렸다.

　내리쬐는 폭염을 헤치고 마주친 10만평의 회산백련지는 마치 신선이 그려놓은 한 폭의 수채화 같다.

　백련은 수줍은 처녀처럼 푸르른 연잎 치마폭에 숨어 살짝 고개만 내밀어 보는 이를 홀리게 만들고, 물 한 방울도 허투루 묻히지 않는 연잎은 꽃대를 보호하려고 푸른 치마를 더욱 넓게 펼친다.

　갑자기 마음이 아득해진다.

　백련의 바다를 내려다보다가 백련방죽 한가운데에 설치되어 있는 백련교(나무다리)로 가 본다. 여기저기서 감탄하는 군중들에 섞이어 나도 백련의 바다를 헤치며 노를 저어가는 사공이 되어 본다.

　그때 보았다, 나는. 맹렬한 햇살에도 흐트러지지 않고 꼿꼿이 머리를 든 시리도록 푸른 연잎에게서 선비의 자존심을 읽었다. 더러운 진흙탕 속에서도 제 뿌리를 굳건히 박고 외줄기를 꼿꼿하게 물 위로 내어서 꽃을 피어내니 가히 그 기품이 하늘을 울린다.

역동적인 우리 사회는 신문이나 TV매체에 드러난 인물들만 운전하고 있는 것이 아니다.

그들이 물에 젖지 않고 외줄기 꽃대를 세워 연꽃을 피우는 동안 저 뿌리 밑바닥에서 보이지 않는 이 나라 민초들이 진흙 뻘 속에 몸을 굳건히 박고 버팀목이 되어주고 있는 것이다.

이렇게 묵묵히 천직인 양 일하는 사람들이 있기에 우리 사회가 단단하게 돌아가고 있는 것이다.

마음자리를 비운 채 나도 연잎이 되어 고요하게 바라보자니 방죽 건너 시끄러운 사람들 세상이 저 멀리로 달아난다. 사람들 사이에 섞이면 언제나 일어나는 복닥거림. 자디잔 마음결들. 잔 욕심으로 일어나는 마음의 번뇌는 어느 결에 사라지고 무심無心이 내 마음 속에 고인다.

참 곱기도 하지. 연잎 갈피 사이로 순백의 꽃잎과 노란 꽃심(花心)이 기막힌 조화를 이룬다.

물 속에서 외줄기로 일어나서 귀한 꽃을 피운 백련을 하염없이 바라보다 문득 보슬비가 내리는 이른 새벽이었으면 좋겠다는 생각을 해 본다.

마치 흐릿한 커텐을 친 듯 백련의 물결 사이로 실비가 내려서 연잎도 꽃잎도 그리고 나도, 촉촉이 젖어오는 비를 맞으며 하나가 되었으면 하는.

태풍이 오면 연꽃이 쓰러지지 않게 물을 채워주어야 해서 일기예보에 아주 민감하다는 설명을 들으며 나는 그윽한 연꽃차를 마신다.

입안이 향기롭다. 연꽃 방죽 옆에 펼쳐진 장터 상인들의 얼굴에서 웃음이 빛난다.

밀려드는 관광객 얼굴에서 감탄이 빛난다. 관官이 민民을 흥겹게 해서 민民이 참 편안하다.

다시 연지로 눈을 돌려본다.

좀처럼 보기 힘든 귀한 수생식물과 눈을 마주쳐 본다. 홍련, 가시연, 왜연, 왜개연, 순채, 노랑어리연, 물옥잠, 택사, 물양귀비, 물배추, 수련…… 같은 친구들의 이름을 하나하나 불러본다.

임진강변에서

　　***** 임진강은 역사의 강이다. 역사를 모태 안에 가득 품고 오늘도 휘돌아 가고 있다. 우리 민족 천년 세월의 이야기들을 가슴에 보듬어 안고 들어 줄 사람들을 기다리며 굽이굽이 흘러 가고 있는 것이다.

　　오늘 나는 임진강의 절절한 이야기를 들어주려 이곳 파주시 파평면 임진강가에 왔다. 그래서 삼국시대의 격전지이며 임진 강의 자식인 호로하와 칠중하를 만났다. 호로하와 칠중하는 퇴 적물이 쌓여 있는 얕은 여울이다. 고구려, 백제, 신라군은 이곳 을 중심축으로 서로 빼앗고 빼앗기는 혈전을 벌였다. 도대체 얼마나 많은 삼국의 수군水軍이 임진강의 넋이 되었을까? '역 사는 배우고 아는 만큼 보인다' 라는 말이 내 마음을 두드린 순 간이었다.

　　"역사는 조각조각 난 퍼즐을 이으는 겁니다. 오랜 이야기의 수수께끼를 푸는 것이지요."

라고 눈빛 초롱초롱한 아이들에게 자상하게 설명하는 윤명철 교수의 말처럼 역사를 알지 못하면 역사의 현장을 지나쳐도 아무 것도 눈에 보이지 않는다. 그저 문명이 이룩해 놓은 허상만 보일 뿐 문명이전에 고대인들이 살았던 삶의 질곡을 보지 못한다. 마치 과거를 알지 못하면 현재 우리의 뿌리는 없으며 우리가 추구하는 미래 또한 없는 것처럼.

어스름 아침 8시 30분. 율곡 이이 선생의 정자 화석정 앞에서 임진강변을 내려다보며 자꾸만 임진왜란의 환상이 흐린 겨울처럼 피어올랐다. 그리고 정사 황윤길과 부사 김성일의 당파싸움이 생각났다. 쏴하니 아파오는 가슴을 안고 화석정으로 눈을 돌린다.

"선조 임금은 조선시대의 역대 왕 중에서 가장 무능한 왕입니다. 율곡 선생이 임진왜란이 일어난다고 10만양병설을 주장했으나 듣지 않다가 불행하게도 왕실을 버리고 피난길에 올랐으니 말입니다. 마침 율곡 선생이 앞을 내다보는 지혜로 임진왜란이 일어날 것을 미리 알고 매일매일 화석정을 기름걸레로 닦아 놓아서 임금님은 화를 면하신 겁니다."

정자 앞에 서서 아이들에게 위인이야기를 해 주시는 김정오 교수의 목소리가 추운 공기를 가르고 힘차게 들려온다. 비바람이 치는 칠흑 같은 밤! 기름칠한 화석정의 이글이글 타는 불더미, 황급히 임진강을 건너는 선조 임금과 백사 이항복과 신하들…….

아! 그랬구나. 나는 임진강가 벼랑에 복원해 놓은 화석정을 대견하게 쳐다보았다. 옛 성현들의 선견지명이란, 역사 속에 위인들은 나라를 구한다. 그래서 우매한 군주보다 더 빛나 후손인 아이들의 가슴에 영원히 살아남는 아침이었다.

임진강의 지형상으로 임진강변 추가령 구조곡에서 호로하와 칠중하는 퇴적물이 많이 쌓여 있어 쉽게 강을 건널 수 있다. 그래서 백제군은 이곳에 방어선을 구축하며 성곽을 쌓았는데 고구려 광개토대왕은(AD 396년) 백제 아신왕으로부터 항복을 받고 이 지역을 빼앗았다. 그러다가 백제의 성왕은(AD 660년) 신라의 진흥왕과 나제동맹을 맺어 다시 한강유역을 되찾았다. 이때 백제는 신라의 공격을 받아 다시 빼앗겼고 또 다시 고구려는 AD 660년에 신라의 칠중성을 쳐서 군주 필부를 죽이고 다시 임진강 유역을 차지했던 것이다.

윤명철 교수의 '임진강 유역의 역사적 배경'이라는 자료를 청소년 회원들에게 복사해 주려고 검토를 해 보았는데 어려웠다. 그리고 나의 어린 제자들이 과연 이해할 수 있을까 걱정도 되었다.

그러나…… 윤명철 교수의 버스 안에서의 보충설명과 역사의 현장인 임진강변의 호로고루성벽과 칠중성의 성벽 잔해, 또한 돌로 쌓은 성의 일부만 간신히 남아있는 오두산성을 보니 임진강이 내 품으로 달려드는 것을 느꼈다. 마치 오랜 세월 모르고 지냈던 사람을 사랑하게 되는 것처럼. 가슴이 울렁거려 왔다. 두 손으로 벅차 오르는 가슴을 누르고 춘원 이광수의 가실嘉實을 생각했다.

가실은 김유신 장군이 한참 명성을 드날리던 신라시대, 사랑하는 처녀의 늙은 아버지 대신 고구려와 싸우기 위해 전쟁터로 나간다. 그때 가실은 한강(아리수)과 임진강 사이에서 한 삼십 리 나아가다 다시 한 오십 리 쫓겨 들어오고 또 한 칠십 리 나아가기도 하는 끝도 없이 오르락내리락 하는 전쟁에 휩쓸리게 된다.

　고구려군의 화살에 맞아 신음하는 지고지순한 가실……. 임진강의 물안개 사이로 그 남자의 얼굴이 아련히 그려진다.

　"가실! 일어나요. 그녀가 기다리잖아."

　강을 보며 그 남자에게 말을 걸어본다.

　"교수님, 이 토기의 연대는 언제예요?"

　아직 채 발굴이 끝나지 않은 호로고루성터에서였다. 길가에 뒹굴고 있는 조막만한 토기조각에서 백제가, 신라가, 고구려가 튀어나온다. 아이들은 신이 나서 역사를 줍고 있다. 아니 역사를 탐구하는 희망 하나를 줍고 있는지도 모른다.

　회색빛 찬 하늘엔 철새떼가 아름다운 군무群舞를 그리며 손에 잡힐 듯 낮게 날고 있었다. 임진강을 안고 있는 파주는 역사와 평화와 전쟁의 그늘이 공존하는 도시이다.

　나는 오늘 역사를 가슴 가득 안았다.

안성의 향기

*****안성은 알토란 같은 역사의 열매가 풍성한 예쁜 도시이다. 깔끔하고 아담한 전원도시가 지친 나그네의 마음을 편안하게 풀어준다.

하루 종일 탐방단 버스를 타고 기웃거렸던 곳은 우연히도 민초들이 꿈틀거렸던 역사의 현장이었으며 홍명희의 〈임꺽정〉이나 황석영의 〈장길산〉 같은 소설의 주인공들이 활약했던 등장무대였다.

안성이 자랑하는 특산물, 유기의 역사를 안성맞춤박물관에서 본 것을 시작으로 임꺽정의 전설이 어려 있는 '칠장사'와 장길산의 '청룡사'는 그 반가움에 눈물이 그렁할 정도였다.

밑바닥 천민계급으로 태어나 세상을 향해 울분을 토하며 이 빌어먹을 세상을 바꾸겠다는 꿈을 실현하고자 했던 임꺽정과 장길산……. 아, 나는 책을 읽으며 얼마나 같이 분노했던가! 밀고한 서림이가 미워서, 천불 천탑의 운주사가 눈에 선해서 얼마나 들떴던가! 바로 여기, 이 안성에, 걸출한 영웅들을 길러낸 갖바치와 혜소국사, 그리고 운부대사의 정신이 스며 있는 절집이 있다.

탐방 내내 나는 웬 횡재인가 싶어 벙글거리며 신나게 누볐다.

우리나라의 전형적인 시골 풍경 속 그림처럼 둥지를 틀고 있는 두 사찰은 오래 전부터 나도 드나들었던 것 같은 정겨운 느낌이 든다. 흙 내음이 고스란히 배어나오는 좁다란 시골길과 어디선가 두엄 냄새가 풍길 것같이 너부죽히 엎드린 농가가 너무나도 친숙하다 .

우리 동네 절집이 마음에 스쳐간다. 고려시대 때 지은 소박했던 절인데 몇 차례 단장을 하고 현대의 화장을 덕지덕지 칠해 놓더니 옛스러운 맛이라고는 전혀 찾을 수가 없다. 게다가 어른 키보다도 더 높이 철옹성을 쌓은 시멘트 돌담의 우스꽝스러운 모습이라니……. 산책을 하느라 지나칠 때마다 괜히 민망하다.

칠장사와 청룡사같이 있는 듯 없는 듯한 담의 경계야말로 그 당시 농투성이 서민들과 사람 취급도 못 받는 천민들의 마음을 여는 열쇠가 아니었을까. 자연과 사람이 어우러진 고찰에서 인仁을 베푸는 고승들의 모습이 역사소설의 한 페이지처럼 펼쳐진다. 아마도 이런 선각자들이 있었기에 임꺽정이나 장길산 같은 밑바닥 영웅들이 한때나마 신분을 뛰어넘을 꿈을 꿨으리라. 그래서 그 사내들을 품었으리라.

안성 문화의 대표, 유기공방을 둘러본다. 머리에 허연 서리가 오랜 세월 장인匠人정신과 닮아 보이는 향원 김근수 선생의 유기공방을 찾았을 때 공방의 모든 작품들은 온 몸 가득 전통의 긍지를 내뿜고 있었다.

나는 이 유기를 보고 한동안 매료되어 읽었던 김주영의 소설 〈객주〉에 나오는 보부상들과 장돌뱅이를 떠올렸다. 구석구석 팔도를 누비는 그들의 발품을 거쳐 사대부집을 유혹했을 유기들과 잿물 흥건히 풀어놓고 볏짚으로 반짝반짝 윤이 나게 닦아대었던 여인들의 노동이 아련하다.

요즘 값싼 플라스틱이나 현대문양의 도자기, 스텐 같은 그릇에 밀려 설 자리를 잃은 유기방짜 그릇이 꼭 가문을 일으켜 세우고 물러나 앉은 범접하기 힘든 노인같다는 생각이 든다. 가까이 하기에는 너무나 귀하고 다루기가 힘이 든 바로 그런 것, 그러기에 선뜻 사기 힘든.

임꺽정의 스승 갓바치가 만든 가죽꽃신과 함께 청룡사 불당마을 남사당패와 유기그릇은 안성의 자랑스러운 문화유산이자 우리 조상의 소중한 정신이다.

역사의 알갱이여
흔적이여
언제까지나 미칠 듯
너를 껴안고
나 사랑하리

안성을 알게 되면서 안성이 보이게 되었다.

안성은 하루 일정으로 부족한 역사가 넘쳐 흐르는 도시이다. 그저 그리운 님 찾듯이 생각이 나면 무작정 되돌아와 그저 흐르는 시간 속에 나를 맡기고 천천히 돌아다녀야만 안성의 향기를 가슴 가득 품을 수 있는 그런 도시이다.

백강의 언덕에서

─백강을 아시나요.

일본(倭國)의 백제 구원군 1만 8천명의 병사가 속절없이 강바람이 되어 흐느끼는 강.

─막무덤을 아시나요.

지금은 일본학자들이 찾아와 바람이 된 넋을 기리며 불러보는, 한 때는 바다라 불리었던 논두렁 밭두렁의 막무뎅이밭이라 불리었던 길섶.

시월을 여는 첫째 날이었다. 그날 나는 지구문학작가회의 버스에서 내려 햇살에 반짝이는 백사장을 망연히 바라보고 있었다. 무심한 세월의 손길 탓인지 웃자란 억센 풀 무리들이 바다를 이룬 모래밭은 지친 양 하얀 얼굴을 감추고 있었다.

여기가 정녕 백제 부흥군에게 힘을 보태주러 현해탄을 건너

온 왜(일본)의 구원군이 신라와 당의 연합군과 혈전을 치렀던 곳이었나. 아득한 세월 건너 저편, 서기 663년, 음력 8월 27일 부터 9월 1일까지 은인의 나라 백제의 이름을 걸고 싸웠던 삶과 죽음이 교차했던 해전海戰의 현장이었단 말인가. 백제의 부흥운동을 돕기 위해 건너온 왜국의 병선 1천여 척과 2만 7천여 명의 병사들이 신라 문무왕이 이끄는 5만의 군사와 당나라 손 인사가 이끄는 170척의 병선과 7천의 군사에게 속절없이 스러져 간 그 현장이란 말인가.

남의 나라 전쟁에서 뼈를 묻기 싫어 그토록 노젓기를 거부하고 다시 회항을 요구하던 병사들이었건만 대해인(천지천왕)은 간절하게 설득한다. 그리고 구원군을 보내 백제 수복을 간절히 염원하였지만 병사들은 속절없이 이곳 당진군 아산만의 백강에서 파도에 휩쓸리며 떼죽음을 맞는다.

사랑하는 이여. 나 여기 타국의 바다에서 죽노라. 은인의 나라 백제를 위하여 목숨 바치노라. 나는 명령에 따라 장열하게 죽었노라. 눈을 감으며 그대와 아이들을 생각하였노라. 그들의 넋은 너울너울 백강을 날아 사랑하는 이가 애타게 기다리는 고향을 향해 떠나간다.

안내 팻말 하나 없는 백강에 서서 나는 가만히 덧없는 역사를 불러본다. 그리고 남의 나라 땅까지 와서 죽어야 했던 왜의 병사들을 애도해 본다. 그들은 왜 백제를 위해 죽어갔을까. 백제가 왜에게 무슨 의미를 주기에 떼죽음을 당했을까.

저 멀리 아슴프레 보이는 아산만이 백제의 바다였으며 백강

(백촌강)이라 불리었다는 사실을 나는 역사의 조각을 맞추며 이제서야 알았다.

하얀 갈대가 무더기를 이루며 웃고 있는 모습을 속절없이 바라본다. 분명 저 갈대의 억겁의 조상이 이 처절한 역사의 현장을 지켜보았을 거라는 부질없는 생각이 든다. 그래서 죽어가는 병사들을 위해 하얗게 울었을 거라는 생각이.

타국의 바다에서 죽어야 했던 일본군은 거센 파도에 밀려 하염없이 하류로 떠내려가다가 당진군 고대면 대촌리 해변가 모래톱에 켜켜이 포개진다. 그리고 그 위를 갈매기 떼들이 새까맣게 내려앉는다. 이때 승자이기 때문에 관대했던 당나라 총사령관 유인궤는 시신들을 매장하라 지시했고 아무렇게나 쌓아서 묻어주었다 하여 막무덤이라는 전설이 생긴 거라고 홍석표 내포역사문화원 연구원장의 목소리가 비장하다.

지금 나는 바다 위에 서 있다. 사물에도 윤회가 있다면 전생에는 바다였다가 후생에 아스팔트로 다시 태어난 길을 딛고 서 있는 것이다. 저기 저쯤 비닐하우스 옆 공장부지가 막무덤 자리라는 설명이 아득하게 들려온다. 나는 어느새 전생의 바다로 건너가 시신을 건져 내고 있는 북새통을 보고 있다.

무려 높이 2미터, 둘레 140미터라는 만두모양의 고분古墳은 다 어디로 사라졌을까. 세월의 두께가 야금야금 먹어치운 것일까. 흔적도 없는 막무덤 추정지를 바라보며 파란색 공장 지붕만 눈이 아프게 바라본다. 그리고 왠지 막무덤을 딛고 있는 공장도 불편하겠다는 생각과 함께.

지금도 '백제' 하면 '일본'이 따라다닌다. 일왕도 공식적으로 '거슬러 올라가면 일본 왕실의 조상 중에 백제 왕실의 조상과 연관이 있다'라고 발표를 했고, 백제가 멸망할 때 수많은 백제 유민들이 일본으로 망명을 했다는 역사적 사실도 있다.

아직도 우리에게 여전히 가깝고도 먼 나라인 일본 속에 내가 애모하는 백제의 기운이 살아서 숨쉬고 있다. 지금 일본에는 우리나라에는 거의 남아 있지 않은 사·해·진·목·국·연·묘·협씨 같은 백제의 8대 성들이 많이 있다니 말이다. 이렇게 역사가 증명해 주고 있는데도 요즘도 일본 정치가의 역사적 사실을 외면한 망언이 여전하다. 모두들 백강에 와서 '왜 이렇게 수 없이 많은 일본군이 백제를 위해 죽어야 했나'라는 화두를 가지고 고민할 것을 권한다.

백강을 다녀 온 날부터 내 마음 속에서 백강을 익혔다. 백강이란 화두를 가슴에 품고 내내 생각의 노를 저었다. 그러다가 이윽고 기슭에 닿아 백강을 내려놓았다. 애잔한 마음 한 자락만 품에 안고.

고모산성에 흠뻑 빠져

***** 산성이 이렇게 멋있었던가. 용의 허리처럼 굽이굽이 몸을 숨기고 넓은 가슴으로 나를 맞아준다. 성벽 길이가 일천 육백여 미터에 이르는 고모산성은 정말 천혜의 요새답다. 삼국시대 때부터 신라의 군사적 요충지였으며, 류성룡 대감의 〈징비록〉에는 '임진왜란 당시 산성이 텅 비어 있어 왜병이 춤을 추며 지나갔다' 라는 안타까운 패전기록이 적혀 있다. 이것 뿐만이 아니다. 의병장 운강 이강년 선생은 이 산성에서 의병 전쟁을 치렀으며 6.25 전쟁 때에는 중요한 방어거점이었다.

고모산성의 정문인 진남문을 지나 산성을 끼고 돌면 아래쪽에서는 옷깃조차 보이지 않는다. 그래서 성안의 군사들은 산성벽에 감쪽같이 몸을 숨겼다가 가파른 산길을 허덕이며 올라온 적군을 맞아 승리를 했던 거다. 고모산성은 이렇게 군사들과 한 몸이 되어 전쟁을 치른 거다. 이런 든든한 방패막이 산성을 뇌두고 임진왜란 때 군사들은 다 어디로 갔는가. 선조와 당파

싸움에 젖은 정치세력들의 무능이 통탄스럽다.

사방이 탁 트인 정상 산줄기에 구릉을 따라 높낮이를 맞추어 만들어진 성벽이 보기만 해도 대견하다. 그래, 고모산성아. 그대는 죄가 없다. 다만 위정자가 그대를 중요하게 여기지 않은 것을 어찌 할거나.

세월에 밀려 허물어져 가는 옛 성벽을 살려내어 현대의 돌을 얹어 복원한 정갈한 성벽의 모습이 아름답다. 저 성벽만 바라보아도 하루가 짧으리.

산성을 따라 걷는 길에 가을이 무르익어 뚝뚝 떨어진다. 춥고 비 온다는 일기예보와는 달리 온통 맑은 공기가 넘실댄다. 가을볕은 따뜻하게 데운 빛줄기를 사방으로 뿌리고 탁 트인 정상에서 바라본 풍경은 순수가 넘친다.

저기 옛길과 너른 길이 있다. 옛 향기에 끌려 성벽 사이로 난 틈새 계단을 올라간다. 발 딛는 폭이 좁은 것이 아슬아슬하다. 행여나 헛디딜까 조심하다가 문득 안동 하회마을에서 보았던 류성룡 대감의 엄청 큰 신발이 생각났다. 그때는 사이즈 300쯤 되어 보이는 대감의 가죽신을 보면서 "아! 장군들은 이처럼 장대했구나" 하고 감탄했는데 여기 고모산성의 계단 폭은 내 신발의 반 폭도 안 되다니 참으로 놀랍다. 올라가면서 어쩌면 산성생활에 단련된 그들이라 필경은 비호처럼 날아다녔을 거라는 생각을 하며 웃었다.

시간은 시간을 낳고 세월은 세월을 낳는다. 산성 안에서 북적이던 병사들도, 병장기 부딪치던 소리도, 보다 나은 세상을

고모산성에 흐린 역정

꿈꾸고자 봉기했던 장수들도, 시간 속으로 흘러갔다. 명분도, 용기도, 기만도, 비겁도 세월 속에 묻혀 버린 것이다.

이 가을, 산성 벽에 기대서니 가을이 만져진다. 순간 가을의 어깨에다 내 슬픔을 내려놓고 싶었다. 덧없는 세상길이기에, 그래서 내려놓아야 할 것들이 더욱 많아지기에, 내 작은 마음을 기대고 싶었다. 마음이 맑아지도록 펑펑 울고 싶었다.

생각에 빠져 치약 대신 크린싱크림을 짜 놓았던 그 어느 날, 그때 하얗게 지웠던 내 생각들을 이 산성자락에 풀어주고 싶었다. 내 자유로운 영혼을 불러내어 마음껏 뛰놀게 하고 싶었다. 그냥 우두커니 산등성에 앉아 흐르는 구름에게 나를 맡기고 싶었다. 딱 하루 온통으로.

"인생의 가을을 맞으니 너무 고적하다 못해 두려워."

전화선을 타고 들려오는 마음을 다해 사랑하는 아우의 말처럼 정말 나도 그랬다. 이 가을에 호되게 마음을 앓고 있는 나는 고모산성에게 흠뻑 빠졌으며 빠진 만큼 외로움의 깊이도 더 했다. 능선 따라 둘러쳐진 산성 길을 여럿이 걸어갈 때조차도 나는 혼자였다.

천마총의 가을

***** 이 가을 경주여행은 내 마음밭에 사유의 씨앗 한 톨을 소중히 심어 놓은 여행이었다.

곧게 뻗어 내린 천마총 오솔길에 사는 나무들에게서 가을의 절정을 보았다. 바람이 건듯 불어 그것들을 쓸어내릴 때 떨어지는 잎들에게서 저물고 있는 삶의 한 단락을 보면서 나를 되돌아보았다.

한 나무에서 태어나 나무를 이루는 일부가 되어 푸르른 시절을 수려하게 누리다가 가을의 끝자락에 서서 제 몸을 불사르는 마지막 불꽃이 되는, 그러다가 떠날 때를 알아 서서히 삶과의 이별을 준비하며 한 때 기쁨을 나누었던 바람의 손길을 빌려 생명의 원천인 흙의 품으로 돌아간다.

나는 지금 햇살에 반짝이는 천마총의 낙엽들과 친구하며 가을에 젖어서 지나간다. 발밑에서 바스락거리는 소리가 꼭 '나 이만하면 괜찮게 살았어' 하는 소리 같다.

문득 뒤를 돌아본다. 어느덧 내가 지나왔던 삶이 저만치 끝 자락처럼 아련하다. 그리고 지금 '나가는 곳'이라고 쓰인 오솔 길을 찾아 두리번거리며 걷듯 나 역시 삶의 출구를 향해 걷고 있는 것이다.

천마총은 왕들이 잠들어 있는 신령스런 장소이다. 내가 걷고 있는 이 오솔길 역시 덧없는 삶들이 한 때 몸을 맡겼던 길이다. 우리는 모두 어떤 길에서 살다 어떤 길로 돌아간다. 한 때의 왕도, 신하도, 천민도, 그리고 수천 년 세월 뒤에 걷고 있는 나도……

저만치 보이는 제법 키 큰 단풍나무가 꼭대기까지 불에 탄 듯 빨갛게 익었다. 가지 끝에 앉은 작은 새까지 빨강이로 익어 버린 듯한 아름다움이다. 단풍잎은 헌신적으로 자신을 태움으로써 기억하고 있는 모두에게 마지막 선물을 베풀고 있다.

사람의 길도 나무와 같다. 주어진 그만큼의 길을 가다가 생명의 수레바퀴에 따라 흙의 품으로 돌아가는 닮은 꼴……. 나 자신도 언제나 열린 마음으로 살아가야지 하고 마음먹었는데도 어느새 작은 마음이 되어 하찮음과 다투는 부끄러움을 범하고는 이내 후회한다.

이번 여행길에서 들국화의 겸손을 배웠다. 내면이 넘치면서도 나타내지 않는 조용함과, 굳이 자신을 내세우지 않아도 잔잔하게 빛을 발하는 그런 지혜로움을. 나도 옷을 입는다면 이런 겸양의 옷을 입어야겠구나 하는 마음의 눈을 뜨게 되었다.

깊은 사색에 빠지기 좋은 천마총의 오솔길이 끝나가는 쯤에,

사랑의 느낌이 강하게 풍겨오는 길이 있다. 그냥 우적우적 걷는 사람은 느낄 수 없는 바로 그 곳. 자석에 이끌리듯 강렬한 느낌이 오는 그 자리에 가만히 서서 나무를 바라보면 한 나무가 한 나무에게 애절하게 다가간 흔적을 만나게 된다.

나무가 걸어가는 모습을 보았는가. 까마득 멀기 만한 오솔길을 사이에 두고 절절이 애모하는 사랑을 찾아 오른쪽 나무는 몸을 기울여 왼쪽의 나무에게 다가갔다. 아주 긴 세월이었겠지……. 조금씩, 아주 조금씩……. 그러다가 이윽고 오솔길을 홀쩍 뛰어 넘어 애타게 기다리고 있는 나무를 만났다. 그리고 둘이는 팔을 벌려 서로를 얼싸안았다.

사랑의 맹렬함에 고개가 숙여진다. 도저히 이룰 수 없는 기적을 이룬 나무. 왠지 이 용기 있는 나무는 여자나무일 거라는 생각이 든다. 온 마음을 다 바친 지고지순한 여자만이 할 수 있을 거라는.

오솔길이 끝나는 저만치에 세상의 북적거림이 보이기 시작한다.

장보고의 왕국

***** 꿈결처럼 그 섬 '장도'에 다녀왔다.

완도읍에서 장좌리 쪽으로 15분 쯤 달려 닿은 장도는 옛 장보고의 진지였다.

때 마침 부슬부슬 내리는 차가운 봄비는 장보고의 눈물인 듯 가슴에 절절하다.

바닷물이 빠져 나간 갯벌 길을 질척이면서 양쪽 바다를 바라보며 걸어갔다.

얼마쯤 가니 갯벌에 파묻히어 간신히 고개를 내밀고 있는 목책들이 드러났다. 목책은 소나무라는데 천여 년이 지난 지금까지 썩지 않고 생생히 살아있다.

아마도 아직까지 장보고 대사에게서 편히 쉬라는 명령을 듣지 않아서인 것 같다.

"만져보서 잉. 아직도 말랑말랑할긴데."

완도군청에서 나온 유영인 선생의 남도 사투리가 정말 정겹다.

더군다나 우리 회원들을 위해서 황금 같은 주말을 반납하고 이리도 애 쓰시니 고마움이 가슴에 넘친다.

참으로 정이 뚝뚝 흐르는 다정한 분이다.

역사를 좇다 보면 역사 속에서 무수히 많은 '그랬더라면'을 만난다.

'장보고가 염장을 끝까지 믿지 않았더라면.'

'염장이 장보고의 호쾌한 품성에 반해 살의殺意를 버리고 마음을 나눴더라면.'

'정년이 그림자처럼 눈 부릅뜨고 장보고를 지켜주었더라면.'

'신라 왕실이 장보고를 등용해서 해상왕국을 이루었더라면.'

'그랬더라면'의 화두로 꼬리에 꼬리를 물다 보면 안타까움과 탄식이 절로 묻어 나온다. 그리고 반전된 역사를 그려보면 지금보다 훨씬 더 다른 모습으로 현재를 살고 있을 거라는 예감을 꿈꾼다.

그래서 '지금'을 살아내고 있는 우리들이 쓰고 있는 역사가 새삼 무겁다.

목책과 눈을 맞추며 이야기를 거는데 쓸쓸함이 비와 엉키어 몸이 더욱 떨려온다.

비에 젖어 흐릿한 바다는 육지의 신라왕을 떨게 했던 장보고의 웅혼함으로 가득 찼다.

갯마을의 어부의 자식으로 태어나 호쾌한 아우 정년을 만나 험난한 역경을 극복한 멋진 사내. 당(중국), 신라, 왜(일본)를 잇는 노다지 줄의 삼각무역을 펼쳐 무역전진기지로 삼았던 국가경영의 신神. 3만8천여 평에 달하는 장도를 군사요충지로 만들어 해양왕국을 실현한 강인한 남자.

이 바다에 서서 장보고와 마냥 이야기를 나누고 싶은데 곧 바닷물이 들어 올 시간이다.

'장도' 는 몸을 조금밖에 내주지 않는다. 아쉬워서 미적미적 돌아보고 또 돌아보며 발길을 돌렸다.

뒤돌아 나오니 기다랗게 다져진 황톳길의 토성 터가 나온다. 조금 올라가니 2천여 명의 장보고의 군사들이 먹었다는, 아직도 물맛이 기막히다는 우물이 나왔다.

찬찬히 살펴보니 물 속 벽은 옛 그대로고 겉으로 둥그렇게 쌓은 돌덩이만 맵시 좋은 복원이다.

'지금의 이 형태라면 키가 높아서 필경 두레박질을 했을 텐데, 그러면 위급한 전쟁 중엔 오히려 불편했을 거야. 혹여 키 낮은 우물이어서 누구라도 엎드려 바가지로 푸는 그런 형태가 아니었을까.'

역사의 엉킨 실타래를 풀어보는 버릇이 나도 모르게 튀어 나왔다.

그때 저녁 어스름 희미한 빛 속에서 몸을 발딱 일으켜 세운 손바닥만한 빗살무늬 토기조각이 보인다. 비를 맞아 황토 흙으로 범벅이 된 토기조각을 집어 올렸다.

장보고의 흔적이다.

반가워 가슴이 뭉클했다.

조금 더 올라가니 당집이었다. 당집 앞에 걸어놓은 금줄이 비에 젖어 더욱 신령스럽다.

굵은 새끼줄에 끼워 놓은 숯과 창호지의 보호막 속에서 옛 뱃사람들이 걸어 나온다.

펄럭이는 형형색색의 깃발……. 푸짐히 차려진 제물거리……. 뎅 뎅 뎅 울리는 꽹과리, 장구소리……. 회회인이라고 불리었던 서역 사람들과 당나라, 왜의 상인들, 그리고 생명의 은인인 장보고대사를 한없이 흠모하던 승려 엔닌……. 장보고 선단의 그늘 아래 번영과 풍요를 누렸던 동시대 최고의 상인들이 모두들 와자지껄 껄껄 웃으며 어깨를 들썩인다.

바다의 신에게 무사귀환을 빌었던 이 당집의 전통이 아직까지 살아있어 너무나 반갑다.

천여 년이 흐른 지금도 해마다 정월 대보름이 되면 관과 민이 마음을 합쳐 한 판 큰 굿을 걸판지게 벌인다고 한다. 모두 다 역사와 전통을 사랑하고 지키려는 마음일 게다.

당집 옆에는 밤 늦게 숙소에서 유 선생이 슬라이드로 보여주었던 중국 산동반도의 적산포 법화원과 제주도의 법화원과 똑같은 크기와 모양이라는 커다랗고 두툼한 빗살무늬의 맷돌이 쉬고 있었다.

가장자리가 깨어진 이 맷돌에게서 융성했던 장보고의 해양 왕국의 힘이 느껴진다. 들들들……. 흠집이 나도록 쉴 새 없이 토해내던 맷돌의 힘찬 울림과 노동은 바로 그 시대의 풍요를 말해 주고 있다.

굽이굽이 황토 진흙이 신발을 붙잡고 놓아주지 않았던 부드러운 토성 터를 올라가던 기억이 아직도 새롭다. 참으로 마음이 훈훈해져 오는 편안한 길이었다.

어느덧 어둠은 발목까지 내려오고 저 멀리 섬들과 섬들 사이에서 불빛이 돋아나던 그런 길이었다.

그때까지 물끄러미 우리를 내려다보고 있던 산자락은 물안개를 잔뜩 머리에 이고 있었던 정말 아름다운 저녁이었다.

아라가야의 함안

***** 11월의 셋째 주말. 가을을 밀어내고 첫 추위가 올 거라는 일기예보 대신 경상남도 함안으로 떠나는 여정 내내 아직도 떠나기를 싫어하는 가을 햇살이 따뜻하게 우리를 맞아주었다. 길을 떠나면 언제나 느끼는 마음이지만 우선 내 안의 내가 자유롭다. 세상사의 번잡함에 밀려 내 안에서 숨을 죽이고 있던 '나'가 문득 깨어났다고 할까. 무척 홀가분하다. 또 낯선 풍물에 대한 호기심도 무척 강렬해지고, 아울러 역사에 대한 기대감에 가슴이 끊임없이 두근거린다.

답사를 하며 걷고 있는 것은 나만이 아니다. 내 영혼에 홀연히 역사가 끼어 들어와 나와 끊임없이 교감하며 길동무를 하고 있는 것이다. 그래서 나는 이렇게 힘든 역사탐방 준비과정을 연락하고 준비하는 일을 즐겁게 하고 있는 것은 아닌지.

역사탐방을 떠나면 정말 예기치 못한 행운과 종종 만난다.

이번 아라가야 탐방도 그랬다. 아직 개관 준비 중인 '함안박물관'을 첫 테이프도 끊기도 전에 우리가 첫 손님으로 둘러보는 영광을 누렸고, 그리고 그동안 신문지면이나 TV 뉴스에서 보던 유물 발굴 현장을 저지선을 넘어 직접 들어가서 현장 박사님의 설명을 들으면서 보는 황송한 대접도 받았다. 또 어디 그뿐이랴! 가야산성을 찾아가는 길에 그 정신을 온통 빼앗아 갔던 황홀한 억새들판이라니……. 굳이 억새를 찾아 나서지도 않았는데 억새가 그 하얀 몸을 나부끼며 기꺼이 우리를 만나 주었던 것이다.

나는 이틀 내내 터진 행운의 대박에 마음이 붕 떠서 신이 나서 누비고 다녔다.

아라가야는 1500년이 지난 지금도 발굴 중이다. 답사를 하는 곳곳마다 노란 저지선이 둘러쳐져 있고 바닥 현장에는 퍼런 비닐이 덮여 있다.

가야의 왕릉을 찾아가는 길이다. 가야의 왕릉은 평야에 있어 둥글고 완만한 신라의 왕릉과는 달리 거의가 산둥성이에 있었다. 김영일 문화해설사는 그 이유를 가야 사람들이 좋아하는 태양숭배와, 내세(명부)에 가깝게 가기 위한 바람과, 또 철기(쇠)를 사고 파는 물길을 잘 보기 위해서 라고 해석한다. 그러다 보니 산의 지형을 살려서 위에서 아래로 파는 수혈식 무덤이 대부분이라고 한다. 우뚝 서서 쳐다보자니 신라의 왕릉보다는 좀 빈약했으나 둥그런 언덕 같은 왕릉이 인상적이다.

우리가 보았던 능은 가야의 왕 '한기' 의 무덤으로 4호분이라고 부르는데 아직까지 왕릉에 걸맞는 대우를 받지 못하고 있다. 가야사 전공 1호 박사인 윤석효 교수님과 김윤희 교수님이 옛날에 답사했을 때에는 가시덩쿨이 우거져 길을 뚫느라 손에 피가 났을 정도로 황폐했었다고 한다. 지금도 관리가 이렇게 어설픈데 옛날에는 가히 어떠했을지 짐작이 간다. 게다가 능 바로 앞에는 조잡한 콘크리트 현대 역사 기념물이 떡 버티고 서 있다. 참 어울리지 않는 공존이다. 언제 아라가야가 격에 맞는 대접을 받을까.

함안에는 도항리와 말산리에 이런 크고 작은 고분이 무려 153기나 있다고 한다. 참 조상들을 잘 만나 축복받은 함안군이다. 함안군은 이 찬란한 아라가야제국의 영광을 어서 빨리 되살려 놓아서 수학여행은 경주라는 공식처럼 청소년들이 역사를 배우러 북적이는 함안으로 만들면 좋겠다. 또 아직도 줄기차게 임나일본부설에 향수를 갖고 있는 일본 관광객을 유치시켜 올바른 역사를 알려주면서 관광수입이라는 두 마리 토끼를 잡는 것도 좋을 듯싶다.

산등성이를 내려오며 다시 부활한 아라가야제국 함안의 영광을 보고 싶다는 생각에 내내 사로잡혔다.

─가야의 봉인을 푸는 현장에서
동아문화연구소 소속 매장 발굴 학자들의 발굴현장은 생생했다.

90여명의 우리 회원들을 어렵고 조심스러운 장소인데도 선뜻 가이드라인 안으로 들어오라고 허락을 하신다. 그러면서 유물 캐는 구덩이 앞에서 열정적으로 설명을 곁들인다. 참으로 생생한 살아있는 공부를 했다.

구덩이 안을 들여다보니 지난 여름 중국의 진시황릉 발굴현장에서 보았던 것과 같은 풍경이다. 작은 꽃삽을 가지고 쭈그리고 앉아서 한 삽 한 삽 조심스럽게 흙을 고르는 인부들의 손끝에서 숙연함이 보인다. 중년의 여자와 남자로 이루어진 인부들은 옆에 양동이를 놓고 그 안에다 꽃삽에 건진 흙을 살살 붓는다. 그리고 양동이가 차면 조그만 마대자루에 넣어서 발굴지 그 앞에다 놓는다.

이 작업은 아무나 하는 것이 아니다. 오랜 경험과 숙련, 그리고 꼼꼼함과 매서운 눈썰미가 있어야 한다. 또 혹시 버려지는 흙 속에서 티끌만한 아라가야의 봉인이 풀어지는 단서가 잡힐지도 모를 일이다. 나는 발굴현장에서 흐르는 팽팽한 긴장의 끈을 느꼈다. 그래서 더욱 조심스러웠다.

선임연구원의 설명을 들으며 연구원의 눈빛에서 역사를 캐는 명민함과 역사를 캐내려는 집요함을 함께 보았다. 그러면서 문득 역사를 찾아 나선 우리 회원들 모두 다 지독한 열병을 앓고 있는 것이 아닌가 하는 그런 마음도 들었다.

－억새는 몸을 흔들고
탐방을 하던 중에 억새들판을 만났다. 아라가야의 옛 성터를 찾아 올라가던 중이었다.

억새가 우거져 숨어 버린 길을 찾아 손으로 헤치면서 걷던 억새의 감촉이 아직도 내 손끝에 느껴진다. 내 키보다 더 큰 몸을 흔들며 나붓나붓 고개를 숙이던 억새가 아직까지 눈에 선하다.

억새가 이루어 낸 굽이굽이 꺾어진 하이얀 산길을 걸으면서 사진도 찍어보고 사람도 생각해 보고 우주도 생각해 보며 흠뻑 취해 걸었다. 그리고 '여자의 마음은 갈대와 같이' 라는 노래도 흥얼거리며 억새와 오래도록 눈 맞추며 사랑을 했다.

오랜만에, 정말 오랜만에 자연이 주는 뜻밖의 선물에 가슴이 울렁거렸다.

백제를 품에 안고

*****부여에는 아직도 백제가 펄펄 살아 숨쉬고 있었다.

거리 곳곳에서 만나는 백제의 후손들은 따뜻하고 정겨웠으며 순박했다.

도시 또한 아직도 촌색시의 모습을 그대로 하고 있어 순진한 백제에게 다가갈 수 있어 정말 좋았다.

부여박물관에서 만난 '금동미륵보살반가상'에 흠뻑 빠졌다. 불상이 알 듯 모를 듯한 미소를 지으며 홀린 듯 쳐다보는 나를 미소 속에 가두고 옴짝달싹도 못하게 만든다. 또 그동안 서산에 가서 두 번이나 만나 보았던 '마애삼존불상'의 모형도 백제의 미소를 흩뿌리며 나를 기다리고 있었다.

서산 암벽에 이끼 낀 백제
빛바랜 세월로 웃고 서 있는
마애삼존불상

첫 만남은 천진스런 미소가
백제 남자의 넘쳐나는 해학이더니
두 번 만남은 투박뭉툭한 미소가
내 가슴 꿰차고 들어 앉아 버렸지

세 번째 만남! 또 무엇이라 표현해야 좋을지……

나는 구면인 마애삼존불상과 짧은 눈맞춤 순간에 씩하고 웃어주었다.

또한 번드르르한 검은 빛의 유순한 몸가짐을 한 칠지도는 어떠했던가! 그동안 글로만 읽었던 그 유명한 칠지도가 비록 모형이지만 부여박물관 유리관 안에서 몸을 빛내고 있을 때 나는 낯익음에 가슴이 뛰었다.

칠지도를 보며 일본에 우리 문화를 전해 주었던 아직기 태자와 왕인 박사를 생각했다. 더군다나 신비한 칠지도의 탄생과 배경을 미리 알고 있어서 유물을 보는 즐거움이 배가 되어 더욱 신이 났다.

지난날에는 부여시내에만 걸어도 밟히는 게 문화재였다고 하더니 구드레 조각공원과 신동엽 시인의 생가 터 땅바닥에서 만난 백제 전돌의 문양이 아직도 기억에 새롭다.

발을 디뎌 보면 정사각형 넓이에 쏙 들어가는 전돌을 나는 백제문화재의 으뜸으로 꼽고 싶다. 그중에 산 경치 무늬 전돌에서의 산은 한결같이 부드럽고 완만한 모습이었고, 연꽃 도깨비 무늬 전돌에서의 도깨비는 무섭기보다 귀여운 모습을 하고 있어 절로 웃음이 배어 나온다.

또 전돌의 연꽃무늬 속에는 모두 인동초 문양이 있다. 인동초는 백제 사람들이 사랑하는 꽃이어서 백제왕관에도 인동꽃의 문양을 새겨놓아 인동관이라고 한다.

이런 귀한 전돌이 신동엽 시인 생가터의 바닥돌이 되어 시인과 벗하고 있다.

버스는 달려 황산벌(논산)을 지나가니 널따란 들판이 우리 앞에 펼쳐진다.

그래서일까. 차창 밖 부연 먼지 속에 부여계백이 튀어나와 휘하 장수들을 거느리고 마지막 전투를 하는 모습이 그려진다.

빗발치는 화살의 폭풍우 속에서 온몸에 화살을 맞으며 칼날을 비껴 세운 채 혼신의 힘을 다 쏟고 있었을 부여계백……

그는 우리들의 가슴에 영원히 살아있는 진정한 백제의 영웅이다.

또 백제 부흥군의 부여복신도 또 다른 백제의 혼이다. 그는 다 망해 겨우 숨만 붙어 있는 백제를 다시 일으키려 임존성에서 그를 따르는 병사들과 백성들과 힘을 합쳐 결사항전을 한다.

그리고…… 기세를 모아 파죽지세로 쳐들어온 나당연합군을 철저히 무찔렀으나 나중에 왕으로 추대한 부여풍에게 절통하게 죽음을 당하게 되면서 백제 부흥의 꿈은 사라진다.

아! 나는 몰랐다. 임존산성이 그런 비운의 역사를 간직한 산성인 줄은…….

문득 지난 가을, 충남 예산지방의 역사문화탐방 일정 속에 끼어 있었던 임존산성이 생각났다.

하루일정 끄트머리 가에 잡힌 임존산성 답사길……. 임존산성으로 올라가는 길에는 절벽같이 가파른 길이 우리 일행을 기다리고 있었다.

지금 생각해도 너무나 아쉬운 일이다. 피곤한 다리를 핑계 삼아 올라가지 않고 바로 밑에서 다리쉼을 한 것이 가슴을 치도록 못내 후회된다.

그냥 꾹 참고 올라갔으면 부여복신의 흔적이라도, 아니 그의 영혼의 이야기라도 듣는 건데…….

언제 한 번 다시 찾아가리라. 가서 그냥 바람의 이야기 소리라도 들어보리라.

'잊혀진 나라' 백제를 탐방하다 보니, 모든 유적들이 서로 거미줄처럼 촘촘히 엮어진 그물망 같다는 생각이 들었다. 그래서 서로 따로인 듯하다가 같이 한 줄로 엮어져 있는.

역사란 사국(고구려, 백제, 신라, 가야)이 같이 공유하며 같이 싸우고 같이 엮었던 하나의 거대한 실타래 같다.

그래서 지금 우리는 한 올 한 올을 실패에 감으면서 나아가고 있는 중이다.

1박 2일의 짧은 여정으로 백제에 대해 느낀 감상을 쓰기에는 너무도 부족하다.

그러나 백제학의 대가大家이신 이석호 선생님의 폭넓은 해석으로 백제 유물에 관한 설명을 들으니 감히 백제를 내 품에 안아 보았다고 말할 수 있다.

　이번 백제여행은 역사의 시계바늘을 한꺼번에 몇 천 년씩이나 되돌려 놓았던 의미 있는 여행이었다.

　또한 큰 수확은 예전에는 단편적으로 백마강과 낙화암만 보는 그런 유적 중심의 여행이었으나 이번 여행은 백제의 문화 전체를 아우르는 탐방이었다는 데 큰 자부심을 느낀다.

마음이 눈을 만나 뛰어 나오고

***** 느닷없이 여행을 가게 되었다. 여행은 바로 이런 거다. 전혀 예정에도 없던 어느 날, 글 선배와 의기투합하여 가자 하고 떠난 바로 이런 깜짝쇼 같은 것.

벗, 시간, 신뢰 삼총사가 여행과 뭉쳐서 그동안 투정 없이 잘 지내던 일상 속에 불쑥 끼어들어 내 밋밋한 삶에게 청량한 선물을 주었다.

연 이틀 전라도 화순에서 질리도록 눈을 맞았다. 남도 땅에 발을 디딜 때부터 성긴 눈발이 비실비실 와서 마음을 즐겁게 하더니 낯선 방에서 새우등을 꾸부리고 자던 그 밤에, 밤새도록 눈이 내리고 또 내렸나 보다.

새벽에 커튼을 여니 세상이 온통 하얀 색으로 변해 있다. 마을도, 산도, 나무들도 눈 이불을 뒤집어쓰고 쌔근쌔근 잘도 잠을 잔다.

아침을 먹는데 또 눈이 퍼붓는다. 이번에는 송이가 탐스런 함박눈이다. 눈의 유혹에 끌려 목도리로 단단히 중무장하고 무작정 밖으로 나왔다. 하얀 길이 뽀시시 웃으며 맨들거린다. 나는 미끄러질까 봐 사박거리는 길에게 온통 힘을 주며 걷는다.

때 마침 산골짜기가 일어났는지 우우하며 고운 눈보라를 흩뿌린다. 별안간 앞이 안 보이고 흐릿하다. 순식간에 중간계 같은 희뿌연 세계가 펼쳐진다. 정말 낯설다. 밝음과 어두운 세계에 익숙해 왔는데 온통 뿌연 눈안개 세계라니! 마치 하늘과 땅의 세계가 사라진 듯 텅 빈 공空의 세계만 남아서 흐릿하게 너울거린다.

공허가 가득 찼기에 경계마저 사라진 남도 화순 산골짜기의 괴이쩍은 길에 서서 나는 낯설음에 나를 통째로 맡긴다.

자욱한 눈보라 속에서 두 팔을 벌리고 사라진 하늘을 향해 얼굴을 든다. 금방 수북하게 내 얼굴로, 머리로 눈발이 쌓인다. 자연과의 교감이 얼마만인가! 정말 오랜만에 자연에게 나를 가져가라 맡겼다.

깊숙한 곳에 잠자고 있던 마음이 올라온다. 생각이 여러 화두를 던지면서 꼬드길 때도 꿈쩍도 않던 마음이 눈을 만나 뛰어 나온다.

나 여기 먼 길 왔어. 나 그동안 잘 살아 온 거니? 나를 보고 그래도 반갑다고 마구 달려오는 눈송이에게 풀려 나온 마음이 말을 건다. 얼굴에 명징하고 차가운 눈의 살결이 닿으면서 정신이 맑아진다.

하늘에서 조화를 부리는 신神을 우러르며 나는 눈의 폭포를 맞고 또 맞는다. 몸이 눈을 만나 먼저 일어나고 마음이 눈을 만나 감정을 일으켜 세운다. 해방된 몸과 마음이 눈밭에서 뛰어다닌다. 아! 참 좋다.

저만치에 있는 산골짜기 길에 희뿌연 눈꽃이 소용돌이친다. 숱한 사람들에게 밟혀서 길이 되었기에 서로 애타게 바라만 보았던 두 골짜기의 마음이 터져 나왔는지 골짜기들이 울면서 서로에게 거센 눈바람을 보낸다. 순식간에 골짜기가 사라지고 산길이 붙어 버렸다.

두 산이 만나 서로 얼싸안고 춤을 춘다. 그래서 산이 안 보인다. 산골짜기가 옷을 여미고 길을 내어주지 않는다.

길을 잃은 것 같다. 얼굴에 쌓였다가 녹은 눈이 마치 울고 싶은 내 마음을 알아차린 듯 눈물이 되어 떨어진다. 나는 눈 속에 갇혔다.

그 날, 나는 길에 서서 아침의 냄새와 눈의 냄새를 맡고 또 맡았다. 얼마만인가. 도시의 냄새를 떠나서 순수의 냄새를 맡아본 것은. 얼마만인가. 때 묻은 생각을 밀치고 가라앉은 마음이 살포시 고개를 내민 것은, 그래서 마음의 통증이 사라진 것은. 나는 사라진 길 위에 서서 눈사람이 되어 마음이 실컷 이야기하도록 내버려 두었다.

가야 한다. 손전화가 깨우는 소리에 몸이 움직인다. 사라진 길을 가늠하다 숙소를 바라보며 아무렇게나 걷는다. 저런. 이 골 깊은 산골짜기에도 문명이 잉태한 허접이 들어왔다.

허옇게 눈을 뒤집어 쓴 통닭집, 노래방, 생맥주 간판이 도드

라져 보인다.

자연을 거스르면서까지 도시의 찌꺼기가 들어왔다. 산 속에서도 문명을 털어내지 못하는 우리 군상들의 욕망은 과연 어디까지인가. 자연을 제대로 보지 못하는 혼탁의 더께가 덕지덕지 묻은 때문이 아닐까.

해답은 늘 곁에 있기에 소중함을 모르는 사람의 본성에 있다. 떠나고서야 그리워 하는…….

충주 중원고구려비

***** 고구려는 늘 우리 곁에 있었다. 그저 막연히 동토의 땅 북한 저 너머에서만 존재하려니 했던 고구려가 우리 남한 땅 여기저기에서 서성거리고 있다.

사실 나도 고구려 유적 역사탐방을 다니기 전까지만 해도 이렇게 고구려의 실체가 가까이 있는지 몰랐다. 그러나 관심을 가지면서 둘러 본 고구려의 발자취는 보면서, 느끼면서, 배우면서 나의 고구려가 되어 내 안에 들어앉았다.

2001년 1월 15일, 20년 만에 강추위라는 그 겨울의 절정을 어찌 잊으랴. 그 해 들어 가장 추웠던 영하 19도, 버스 창문이 두꺼운 얼음가루로 얼어붙는 매서운 추위가 몰아치던 그 날, 나는 충북 중원군 가금면 용전리 입석마을에서 중국 집안현의 광개토대왕비를 닮은 중원고구려비와 마주쳤다.

뭉툭하면서도 당차고 호기무쌍한 비석의 저 늠름함이라니! 고려대왕高麗大王이라는 문자를 서두로 400여 자의 글자가 닳고

마모된 중원고구려비를 보면서 정말 고구려가 내 앞에 서 있구나 하는 감격에 떨었다.

그 순간 만주벌판을 호령하며 달리던 고구려의 기상이 중원고구려비에서 뿜어져 나왔다.

5세기 중반에 세워진 우리나라에서 가장 큰 고구려 비석! 413년에 즉위한 장수왕은 선왕 광개토태왕이 남겨준 고구려 역사상 가장 강대한 영토를 통치하는 한편 백제와 신라와의 주도권 싸움에서 압도적인 우위를 차지한다.

바로 이 중원고구려비가 신라와 세력다툼에서 승리했다는 표식이다.

장수왕은 비석에 고구려의 영향권을 벗어나려는 신라를 회유와 위협을 통해 굴복시키고 아울러 신라와 백제와의 동맹을 해제시켰다는 이야기를 비문에 적어 놓았다.

400년 이후에 고구려는 신라뿐만 아니라 낙동강 하류에 거점을 둔 가야까지 정치적 영향력을 뻗칠 정도로 기세가 대단했다. 그래서 튀어 나가려는 약소국 신라를 혼내주려고 고구려군사가 이곳 중원 충주까지 왔던 것이다. 여기에 고구려 수군水軍은 물길로 대동강을 출발하여 한강으로 들어와 충주에서 문경까지 일사천리로 통과해서 가야 세력이 포진한 경상남도 남해안 일대까지 파죽지세로 진격한다.

중원 충주는 이렇게 구석기 이래로 남한강 상류 문화의 중심지였으며 고구려, 백제, 신라가 서로 욕심내며 치열하게 다투던 땅이다.

내가 발을 딛고 있는 이 땅에서, 내가 보고 있는 이 비석에서 이런 휘몰아치는 역사의 숨결들이 묻어 나온다.

까마득한 시간과 공간을 넘어서 비 앞에 선 나는 손을 내밀어 장수왕의 고구려비를 어루만져 달래준다.

참 장하다. 화강암 자연석 4면에 빼곡히 쓰여진 희미한 글자들이 춤을 춘다. 세월의 이끼가 더께로 끼어 있어 벗겨내느라 아주 애를 먹었다는 충주 중원고구려비의 출현은 국가적 대사건이다.

문득 이 곳 충주에서 맡아보는 매운 바람의 냄새가 중국 동북3성을 관통하여 한반도로 가로 질러 오는 바람일지도 모른다는 생각이 든다.

"서두에 고려대왕이란 문자가 보이지요."

진지한 눈빛의 아이들에게, 바람소리 하나 놓치지 않으려는 어머니들에게 설명하는 윤명철 교수의 얼굴에서 고구려인의 기풍이 배어 나온다.

슬그머니 비각을 빙 돌아 비석 뒷면으로 가 말을 걸어본다. 아! 그대들. 이 곳 중원까지 말 타고 달려들 왔던가. 거친 숨 들썩이는 말과 한 몸 되어 이 곳 중원을 점령했던가. 그래서 이렇게 늠름하고 배짱 두둑한 이런 비석을 세웠던가.

중원고구려비의 싸늘한 몸을 만지는 순간 환청이었을까. 흙먼지 자욱한 속에서 호방한 웃음소리와 함께 힘찬 말발굽 소리가 들려온다.

임진강을 넘어 파죽지세로 이곳 중원까지 폭풍우처럼 몰아

닥친 고구려의 숨소리가 들린다.

　나는 이 날 고구려비가 풀어내는 못 다한 이야기에 귀를 기울이며 역사의 충격에 빠졌다.

　금방이라도 눈이 내릴 듯 낮게 드리운 중원 충주의 잿빛 하늘을 바라본다. 시간을 거슬러 고구려인들이 바라보던 그 하늘이다.

　그날 목이 아프도록 올려다본 중원 충주의 하늘은 온통 고구려의 하늘이었다.

3부
길에게 말을 걸다

첫 만남 고구려,
통화행 열차는 밤을 뚫고 달리고

***** 밤 늦은 중국 대륙의 심양 기차역이었다.

두두두두······. 마치 어둠의 땅을 울리는 말발굽 소리같이 소란스러웠다. 빨리 뛰라는 조선족 가이드의 다급한 목소리에 우리 '한민족역사문화탐방 회원' 들은 땀을 뻘뻘 흘리며 무작정 앞만 보고 뛰었다. 애시당초 우리에게 줄을 잘못 세웠던 철도 이쪽 끝에서 저 앞머리 끝까지 우리는 영문도 모른 채 우리에게 배정받은 침대칸을 향해 무조건 달리고 또 달렸다. 그것도 큰 애물단지인 무거운 짐 가방과 함께······.

두려웠다. 낯선 이국의 밤이 자아내는 무섬증과 함께, 형편없는 내 달리기 실력으로 마구 달리자니 도무지 생각만 앞설 뿐 막막하다. 또 역사문화탐방을 진행하는 사무국장으로서 혹시나 이렇게 말도 안 통하는 낯선 나라에서 널뛰듯이 뛰다가 한 명의 회원이라도 잃어버리기도 할까 봐 내 마음도 덩달아 무거워져 내려앉았다.

저 앞서서 손짓하며 달리던 가이드가 힐끗 뒤를 쳐다보더니 여전히 뒤처지는 나를 보고 얼른 달려와 짐 가방을 빼앗듯이 들어준다. 고마웠다.

그제서야 아무리 달려도 보이지 않았던 까마득한 기차의 앞 칸이 보이기 시작한다. 우리가 탈 침대칸 앞에선 중국인 역무원이 무어라 소리를 고래고래 지른다. 아마 곧 떠날 테니 빨리 타라는 말인 듯싶다.

기차에 올랐다. 그제서야 다행이다 라는 느낌과 함께 마음이 가라앉는다. 침대칸 사방을 둘러보았다. 가이드가 보이지 않는다. '인사도 없이 가버렸구나' 알 수 없는 불안이 한 웅큼 밀려온다.

마침 곁에는 여행사의 배려로 4인용 침대칸으로 옮겨가신 진을주 선생님과 김정오, 윤명철 두 교수님도 안 계신지라 더 더욱 입안이 말라 온다. 그러나 격렬하게 뛰느라 피곤하고 지친 회원들의 얼굴을 보며 인원 파악 겸 침대칸을 나누어 주려 일어났다. 그리고 편안한 분위기를 만들어 주려고 같은 식구끼리, 같은 인연끼리 맺어 주었다.

기차는 덜컹거리며 어둠을 뚫고 달리고 있는 중이다.

오늘 하루 무사히 여정을 접는구나 생각하며 피곤에 몸을 맡기고 있는 찰나

"선생님, 어떤 중국인이 우리 침대 내어달래요."

중학교 2학년인 효준이가 당황한 얼굴로 찾아왔다. 급히 효준이의 침대칸으로 가 보았더니 예쁘장한 중국 처녀 둘이서 기

차표를 흔들고 있는 것이 보인다. 옆에는 성준이와 찬희와 희승이의 피곤한 얼굴이 보였다. 중국 처녀는 기차표를 보여주며 이 침대는 내 자리이니 일어나라고 독촉을 한다. 순간 나는 가이드로부터 우리가 탄 6인용 침대 전 칸은 모두 우리 회원들 것이라는 사전설명을 들은 것이 기억이 나서 중국 처녀가 무언가 잘못 알았구나 하고 생각했다.

그래서 기세 좋게 '소저' 하고 그녀의 어깨를 건드렸다. 그리고는

"여기는 우리 회원들의 자리인데요."

하고 한국말로 설명을 했다. 그랬더니 당연하게도 자기네 중국말이 속사포처럼 쏟아져 나오기 시작한다. 그 뒤로 영화의 한 장면처럼 내가 쏟아낸 한국말과 그녀가 쏟아낸 중국말이 뒤엉켜서 하나의 시끄러움의 절정을 이룬다. 나는 이래서는 해결이 나지 않겠다 싶어서 그때까지 곁에서 지켜보고 있던 객실담당 역무원에게 그녀를 가리키며 처리를 해달라는 몸짓을 해보였다. 그랬더니 누런 이가 인상적인 역무원은 그녀의 표를 흔들며 오히려 효준이네 보고 딴 자리로 이동을 하란다.

'도대체 말도 통하지 않는데 어떻게 처리해야 하나.'

문득 뒷처리도 없이 사라진 가이드가 원망스러웠다. 그래서 "저스트 모멘트(justmoment) 하며 잠깐 기다리라고 하고는 4인용 침대칸으로 가신 교수님들을 찾으러 갔다. 그랬더니 이게 웬일인가? 엎친 데 덮친 격으로 우리 6인용 침대칸과 4인용 침대칸을 서로 다니지 못하게 긴 철 막대기로 봉인을 해 놓았다.

나중에 알아보니 중국은 열차도난사고를 막으려고 밤이면 일반차량과 특실차량을 막아놓는다는 것이다.

더 이상 기대려는 희망이 사라졌다. 책임감이 무겁게 어깨를 짓누르는 순간이다.

마음을 굳게 먹고 다시 객실 담당 역무원에게로 갔다. 나는 영어를 아느냐 한국어를 아느냐 하는 고전적인 방법을 써보다가 '히' 웃으며 모른다는 반응에 모든 것을 단념하고 영원한 국제 언어인 눈짓과 손짓 그리고 몸짓으로 역무원과 대화를 나누었다.

역무원은 플라스틱표를 한 무더기 손에 들더니 손바닥을 쫙 펼쳐 보인다. 그리고는 다시 두 손가락을 펼친다. 가만히 쳐다보며 궁리해 보자니 '우리 일행이 52명이냐' 란 뜻이다. 나는 오케이라는 말과 함께 손가락으로 동그라미를 그렸다. 역무원은 이제야 말이 통한다는 듯이 환하게 고개를 끄덕거린다.

나는 효준이네와 중국 처녀를 가리키며 어떻게 된 일이냐고 눈으로 물어 보았더니 역무원은 실실 웃으며 또 중국 처녀의 표를 가리킨다. 초록은 동색이라고 하더니 처녀들의 자리라는 듯 싶었다.

갑자기 맨 끝 침대칸에서 또 급히 나를 찾는 소리가 들린다. 효준이 보고 기다리라고 해놓고 뛰어가 보니 이번에는 한 가족인 듯 싶은 중국인 너댓 명이 서성거린다. 그들도 기차표를 보여주며 이 자리는 자기네 자리라는 것이다.

왜 이런 상식이 통하지 않는 일이 자꾸 벌어지는 것일까? 아버지인 듯한 중년의 남자와 손짓 몸짓으로 말을 건네 보다가 과감히 결단을 내려야 하는 순간이 왔음을 깨달았다. 어느덧 시간은 새벽 2시를 향해 달려가고 있어 회원들을 조금이라도 자게 해 주어야 했기 때문이다. 나는 우리 회원들 보고 중국 사람들에게 자리를 양보해 주라고 하고 대신 우리 하늬솔 문우들의 침대를 양보해 주었다. 그리고 우리는 두 명씩 서로 포개어서 토막잠을 청했다. 나도 이번 여행에 함께 온 막내 딸 경민이를 꼭 껴안고 피곤한 눈을 스르르 감았다.

깜박 잠이 들었나 보다. 덜커덩거리는 낯선 소리에 깨어 화장실 불빛에 시계를 비춰 보았더니 새벽 4시이다. 잠이 덜 깨 뻑뻑해진 눈을 부비고 있자니 문득 "새벽 5시쯤에는 일어날 준비를 해야 할 겁니다"라는 윤명철 교수의 말이 생각났다. 물에 젖은 솜 같은 몸을 간신히 움직여 이준주 시인과 포개어져 새우잠을 자는 이종숙 시인을 가만가만 깨웠다. 그리고 쫄쫄 나오는 세면대에서 힘차게 세수를 했다.

창문 틈으로는 조금씩 어둠을 밀어낸 새벽이 희미한 얼굴을 들이밀고 있었다. 여기저기서 회원들이 새벽의 힘에 이끌려 깨어나는 소리가 들린다.

"!!!"

객실 역무원이 무어라 소리치며 부산하게 돌아다닌다. 분명 통화에 다 왔으니 준비하라는 소리이다. 나도 1층부터 3층 구석배기까지 한 사람이라도 놓칠세라 목까지 잠겨 쉬어진 목소리로 깨우러 다녔다.

새벽 6시! 우리 회원들은 드디어 백두산으로 가는 관문 통화역에 발걸음을 내디뎠다. 모두들 건강한 모습들이다. 통화역 중간쯤에 모두 모였으나 간밤에 4인용 침대칸으로 가신 김정오, 윤명철 교수님과 진을주 선생님, 그리고 하나네 가족이 여전히 보이질 않는다. 갑자기 걱정이 물밀듯이 밀려온다.

'혹시 잘못 내렸나?'

커다란 뭉게구름 같은 걱정이 나를 감싼다. 당황한 속마음을 감추고 회원들에게 밝게 웃어 보이며

"개찰구로 갑시다."

하며 앞장을 섰다. 얼마쯤 갔을까? 저 멀리서 반가운 얼굴들의 환한 웃음이 보인다. 잠을 푹 잔 듯 편안한 얼굴들이시다. 우리 회원들은 마치 길 잃은 어린 양떼들처럼 '교수님' 하고 외치며 달려들 간다.

나는 안도의 한숨과 더불어 왠지 야속한 마음이 들어 느적느적 발걸음을 옮겼다.

아! 고구려

***** ─집안현集安縣에서

우리 글 우리 간판을 보고 울어 본 적이 있다.
우리 옛 고구려 땅, 연길에서…… 집안에서…….

연길로 들어가는 고속도로에서였다. 갑자기 저만치서 낯익
은 우리 한글 간판이 눈에 들어온다. 그러더니 연길 시내로 들
어서자마자 우리 글 간판들이 함성을 지르며 한꺼번에 쏟아져
나오기 시작한다.

전주비빔밥/ 화풍약국/ 동아자동차 수리공장/ 황씨치과/ 복
순보건대약방/ 경희루/ 갑산곱돌밥/ 연변뇌과병원/ 연변인민
경찰학교…….

분명 우리 글 간판이다. 이 서슬 퍼런 사회주의 국가 중국 땅

에서 내가 본 것은. 그것도 중국어 간판 한 귀퉁이에 천덕꾸러기로 숨은 것이 아닌 당당하게 가슴을 쫙 편 한글이 알록달록 큰 글자로 나 여기 있소 하고 떳떳하게 존재를 알린다.

순간 나는 '아! 고구려다' 하고 외치는데 가슴으로부터 뜨거움이 솟구쳐 올라온다. 눈물에 뿌옇게 흐려진 차창 밖에는 우리와 닮은 사람들이 수도 없이 지나간다.

시내에 들어서니 북적이는 시장통이 보인다. 우리네 시장처럼 사람들로 복잡한 한복판을 헤치며 버스는 큰 몸집을 들여미는데 왼편의 평양냉면집 간판이 어서 오라고 손짓을 한다. 가뜩이나 후텁지근한 날씨에 간판을 보니 둥둥 떠다니는 얼음과 함께 대접 바깥까지 찬 물방울이 맺힌 속이 얼얼한 물냉면이 어른거린다. 정말 나 혼자만의 외톨이 여행이라면 차에서 내려 가게로 뛰어들어가 주인장에게 정겨운 우리 말로 '냉면 한 그릇' 외칠 텐데 속절없이 버스는 그저 달릴 뿐이다.

여기라면, 우리 선조들의 혼이 배이고 말이 통하는 이 땅이라면, 아주 작은 집 하나 세내어 한 서너 달 글만 쓰고 와도 좋으리. 쏜살같이 달아나는 시간도 내 곁에 꼭 붙들어 앉히고 느슨느슨 걸으며 고구려에 빠져서 고구려와 연애하다 오면 얼마나 좋을까. 살아가면서 꼭 해 보리라 마음먹은 나의 열망을 쟁여 넣은 마음의 서랍을 열어 소중하게 집어넣었지. 그때, 그 여름날에.

−아! 고구려

압록강은 고구려의 제2 수도인 집안을 흐르는 강이다. 유리왕은 풍부한 물줄기를 따라 집안지역으로 천도를 하면서 국내성을 짓고 왕궁을 세운다. 그리하여 집안은 4백년 세월 동안 고구려와 함께 전성기를 맞으며 대륙에 고구려의 호방한 위엄을 위풍당당하게 알린다.

지금도 집안현은 발길 닿는 곳마다 어디를 둘러봐도 고구려의 유적과 고구려의 혼이 하늘과 땅을 울리는 고구려의 나라이다. 압록강 하구에서 작은 유람선을 타고 한 바퀴 휘돌아 보는데 강 건너 북한 땅이 손에 잡힐 듯 다가왔다 멀어졌다 한다.

이랬구나! 이렇게 지척이라 광개토대왕의 아들 장수왕이 평양을 콕 찍어서 수도를 옮겼구나. 그동안 지리부도에서만 보던 거리를 눈으로 보니 실제 감각이 살아 천도를 택한 이유가 이해가 된다. 나는 보초를 서는 북한 군인들이 보이는 저쪽 압록강, 우리 산야 우리 땅을 눈이 아프도록 가슴에 가득 담는다. 언제나 우리 민족이 하나가 되어 우리 땅에서 배를 타고 압록강을 건너 고구려땅을 밟아볼까.

패망한 나라는 오늘에도 쓸쓸하다. 백제의 한이 서린 부여에만 가도 왠지 슬픈데 영토를 빼앗기고 버려졌기에 고구려가 더욱 더 안타깝고 허망하다. 이제는 하늘길이나 바닷길로 그것도 중국의 비자를 받고서야 겨우 만나 볼 수 있으니 더욱 더 처연한 마음이 한 가득이다. 그래서 집안 거리만 걸어도 마음이 이리도 비장해지는 거다.

─고구려는 아직도 우리를 기다리고

〈국내성〉

꾸미지 않아 소박하고 정다운 옛길이 있는 집안현은 수줍은 촌색시의 도시이다. 시내 중심부에 있는 국내성은 고구려의 두 번째 수도라는 이름이 무색하게 다 허물어져 성벽 일부와 해자만 남아있고 궁궐터는 채소밭으로 변했다. 게다가 성벽을 빙 둘러 지어진 5층짜리 아파트와 낮은 집들이 어지러웠는데 성벽 중간에 난 길로 자전거 탄 사람들과 동네 꼬마들이 지나다닌다. 역사에 짓밟힌 초라한 국내성을 보고 나는 속절없이 성벽 안쪽의 궁궐터만 이리저리 기웃거린다.

그때 내 마음을 알아차렸는지 손바닥만한 화단에서 낯익은 꽃무더기가 부르는 소리가 들린다. 가만 보니 우리 들판에서 자주 보는 꽃들이다. 주홍 백일홍, 긴 꿀주둥이를 불쑥 내민 빨간 사루비아, 하얀 너울 쓴 옥잠화가 살포시 웃으며 고구려를 노래한다. 돌보지 않아 버려진 유적 속에서 만난 우리 꽃이 내 마음을 아리게 휘젓는다. 피고 지고 피고 지고 수천 년의 세월을 견디며 역사를 만들어낸 꽃들이 어찌나 장해 보이던지 마치 고구려를 만난 것같아 반갑다고 인사를 했다.

몇 년 후 다시 찾아본 국내성은 유네스코 세계문화유산을 겨냥한 중국의 관심 덕분에 애물덩이 아파트숲과 마을이 통째로 사라지고 새로 복원된 국내성터가 말끔한 얼굴로 우리를 반겼다. 어둑스레 해질녘 길거리에서였다. 그 장하던 우리 꽃을 찾아보니 보이질 않는다.

그래. 애들아. 잘 있기는 한 거니?

〈장수왕릉〉

아시아의 피라미드라 불리는 거대한 장수왕릉(장군총)은 위풍당당 고구려의 이름으로 우뚝 서 있다. 그 뜨거운 여름날, 입맛을 잡아끄는 과일을 소쿠리에 수북하게 쌓아놓고 사가라고 옷깃을 잡아끄는 장사꾼들의 통로를 지나서 만난, 어마어마한 크기의 장수왕릉은 나를 딴 세계로 들어오게 했다. 이글거리던 태양이 땅까지 내려와 누런 황토 땅과 작당을 해서 뒤바꿔놓은 이상한 환타지 세계 속에서 거대한 구조물이 텅 빈 허공을 떠받들고 있는 불가사의한 신의 작품을 보았다.

그때 내가 본 것은 서 있다는 것 자체만으로도 아름다운 돌무덤의 장엄미莊嚴美였다. 돌무덤은 거대한 사각 형태의 모습으로 한 변이 35.6미터씩 4변, 높이만 해도 12.4미터인데 7층 계단식으로 쌓았다. 이런 큰 돌덩어리 집합체가 사방을 굽어보면서 위엄을 떨치니 고구려는 얼마나 웅장한 민족인가. 여기에 11덩이의 정호석은(돌무덤을 보호하는 장치로 어른 키보다 두 배 쯤 큰 엄청난 돌덩이) 정말 압권이다. 아직까지도 왕의 무덤을 지키겠다는 강렬한 힘이 정호석에서 뿜어 나온다. 진흙 주

무르듯이 돌덩이를 주물러서 걸작을 만들어낸 고구려 석수쟁이들은 진정으로 신의 손을 가졌다.

너무나 까마득해서 중국 당국이 안전을 위해 만든 철사다리를 붙잡고 조심스럽게 올라가면서 나는 광개토대왕에서 장수왕으로 이어지는 5세기의 고구려의 위세를 그려 본다. 드넓은 초원에서 거침없이 말달리며 천하에게 도전했던 호방하고 거침없던 멋진 고구려, 삼족오를 보내 하늘과 소통했던 지성적인 고구려인들이 지금도 나란히 서서 왕의 무덤을 호위하리라는 생각이 들면서 나는 마법을 생각했다. 만약에 마법의 지팡이를 얻는다면 제일 먼저 우리 민족의 이 절대보물을 내 어깨에 둘러메고서 구름을 타고 내 나라 땅에 내려놓고 싶다. 너무나 간절하게 저지르고 싶어서 부르르 떨리는 손을 꽉 움켜잡았다. 그때, 그 꼭대기에서.

그 후 못 잊어 다시 찾아본 장수왕릉은 여전히 압도하는 아름다움으로 허공에 우뚝 서 있다.

〈광개토대왕비〉

애절한 마음 담아 쓰다듬어 보았던 광개토대왕비의 차가운 감촉에 얼마나 몸을 떨었던가. 그래도 나는 늦지 않았기에 웅장하고 신령스런 대왕비를 내 이 두 손으로 만져보는 영광을 누렸다.

높이 6.39미터, 한 면이 2미터씩 모두 4면의 비에 새겨진

1,775자가 뿜어내는 아우라는 얼마나 강렬했던가. 광개토대왕의 영토 전쟁 역사와 자긍심 강한 고구려의 정신을 새겨 놓은 글자를 만질 때 나도 같이 자부심으로 빛났으며 같이 몸을 떨었다.

그런데 지금은 동북공정으로 역사왜곡을 하는 것도 모자라 아예 보호한답시고 유리벽에 가둬 놓았다. 또 다시 찾아갔을 때 유리벽에 갇혀 끙끙대는 광개토대왕비를 보고 내 마음도 참담했다. 영토를 잃으니 역사까지 빼앗긴 꼴이라 그저 할 말을 잊었다.

〈광개토대왕릉〉
교실 유리창 서너 장이 깨진 채로 바람에 흔들려서 더욱 낡아 보이는 빛바랜 허연색 벽돌 건물의 '태왕향조선족소학교' 앞에서였다. 바로 길 건너에 학교를 닮아 거의 허물어지려는 우리 민족의 영웅 광개토대왕릉의 슬픈 모습이 보인다.

어둡고 초라한 현실로 들어갈 때 인민복 차림의 관리인이 히하고 웃으며 타조알 만한 큰 알전구를 켜 주었는데 의외로 대륙을 휘젓던 영웅의 무덤이 사신도를 그린 벽화도 없이 너무나 조촐해서 깜짝 놀랐다. 여기에 습기가 번져 지저분한 천장과 함께 대리석 관대가 하도 초라해서 왠지 죄를 지은 것같아 마음 속으로 용서를 빌었다. 뒤돌아 나오는데 무덤 산 돌더미들은 흘러내려 길바닥에 수북하고 베어주지 않아 무성한 풀넝쿨은 불효막심한 후손들을 야단치는 양 뻣뻣하게 날을 세운다.

몇 년 뒤 들렀을 때는 너무 어둑해진 저녁 나절이라 대왕릉 문이 잠겨 있었다. 잠긴 문으로 바라보니 유네스코 세계문화유산 등재로 웬만큼 정갈하다. 그런데 퇴락해 가던 조선족소학교도 이사했을까? 보이지 않는다.

〈환도산성〉
맑은 시냇물이 재잘거리던 우거진 풀숲에 둘러싸인 관마산성과 질퍽한 길 따라 올라가던 환도산성은 모두 물이 넘쳐나는 곳에 자리잡고 있다. 산성 터로 올라가던 내내, 옆에서 소근거리던 맑은 물은 본디 그 옛날엔 우물로 모여 성안의 고구려군사와 백성들의 고단한 몸을 지켜 주었으리라. 그리하여 전쟁 때에는 임시 수도로, 평화시에는 국내성의 주요 배후성으로 제 역할을 다하게 환도산성을 도와주었으리. 옛 사람들은 역사가 되어 흐르고 '물'은 영원한 역사 그 자체가 되어 빛나고 있는 아침이었지. 참 아름다운.

그 뒤 수북한 돌더미와 웃자란 풀더미가 무성한 낮은 산등성이었던 환도산성은 표지판과 함께 산성을 말해 주는 돌담이 우리를 반겼다. 이것도 유네스코 세계문화유산의 일환으로 변해진 모습이다. 돌아 나오는 길에서 사먹은 찰진 옥수수의 담백한 맛이 아직도 그립다.

〈5호 묘〉

　숨 막힐 것 같은 5호 묘의 그 아름다운 절정의 미학. 세월이 역사와 같이 몸을 섞은 현세까지도 까망, 노랑, 빨강 색깔의 선명한 색채가 여전히 살아서 빛을 발한다. 금방이라도 그림에서 튀어나올 것 같은 청룡, 백호, 주작, 현무의 신비하고도 황홀한 사신四神도는 감히 인간은 흉내낼 수 없는 천상의 그림이다. 왕과 왕후, 그리고 왕이 사랑했던 제2부인의 시신이 나란히 놓여 있었던 세 개의 관대를 중심축으로 사신도는 아직도 그 신비의 춤을 추고 있다. 무덤 안에서 나는 우리 고구려 고분 벽화의 아름다움을 우러르고 또 우러렀다. 그리고 나도 고구려 무희가 되었다.

　5호 묘를 나오면서 묘실 구석배기에 수북히 쌓인 먼지더미에서 여리여리하게 생명을 뿜어내고 있는 연둣빛 싹을 보았다. 현실을 떠받들고 있는 고 작은 것이 기특해서 한참을 보았다. 그래, 너는 5호 묘가 낳은 새 생명이야.

　엄청난 기대를 가지고 두 번째로 찾아간 5호 묘는 습기 방지를 위하여 안식년을 가진다고 통제를 하여 대신 옆방에서 비디오로만 보았다. 다시 만나지 못한 안타까움에 마음이 동동거리다가 한편, 그 모진 세월 속에서 심지어 떠돌이 거지들의 잠자리까지 되어야 했던 그 수모를 떨치고 이제라도 쉬어야 한다고 내 마음을 위로했다.

광개토대왕을 찾아

***** '광개토대왕의 비와 능은 대왕의 정신과 몸이다.'

광개토대왕의 성지聖地를 돌아보며 느낀 감상이다. 광개토대왕비에서 북서쪽으로 조금만 걸어가면 광개토대왕릉이 있다. 39세로 아까운 삶을 마칠 때까지 22년 동안 엄청난 대제국을 건설한 영웅이 누워 있는 무덤이 바로 지척에 있다.

21세기의 오늘!

역사의 회오리 속에서 대왕의 비는 아직도 위풍당당 주위를 압도하며 서 있지만 대왕이 잠든 왕릉은 관리 소홀로 지금 이 순간에도 허물어져 가고 있어 그저 안타까울 뿐이다. 또한 보물을 알아보는 눈이 없어 '릉' 둘레 여기저기에 나뒹글고 있는 기단석을 보면서 마음이 너무나 아팠다.

광개토대왕릉은 장군총(장수왕릉)보다 무려 4배나 큰 무덤이라는데 내 눈엔 왜 이리 작아 보일까. 무덤에서 흩어져 나온 자갈돌들만 수북하니 산을 이루고, 오후 4시, 한풀 더위가 꺾인 산자락엔 바람 한 점이 울고 간다.

차라리 능 주위에 어지러운 풀들이라도 단정하게 베어 주었으면 허무함이 훨씬 덜할 텐데, 무릎까지 웃자란 풀들이 내 마음을 더욱 스산하게 만든다.

이 다 허물어져 가는 무덤 입구를 처연한 마음으로 바라보고 있자니 어디선가 인민복 차림의 관리인이 와서 굳게 잠긴 현실 문을 열어 주었다. 현실 입구에는 엉성한 알전등이 놓여 있다. 불을 켜고 현실을 들여다보라는 장치이다.

현실 깊숙이 들어가 본다. 대왕의 시신을 모셨음직한 빈 석판이 휑뎅그레 하다. 사신도가 그려 있지 않은 사면의 벽과 천장이 어둡고 습기로 축축하다.

우리나라 공주에 있는 백제 무령왕릉은 진짜 왕릉은 일반인들에게 공개하지 않고 그 옆에 전시실을 만들어서 왕과 왕비의 시신 모형, 그리고 장신구 일습을 정교하게 복제하여 관람객들에게 보여주는 장치를 한다.

그런데…… 대★ 고구려! 광개토대왕릉은 왜 이리 홀대받고 있는가. 여기가 진정 고구려의 불세출의 영웅이며 군주인 광개토대왕의 현실인가. 정말 이렇게 누구라도 함부로 들여다보는 무례를 저질러도 되는가.

나는 송구한 마음 가득 안고 쫓기듯이 얼른 현실문 바깥으로 빠져 나왔다.

차마 무덤 위로 올라가지 못했다. 어떻게 감히 태왕의 시신을 모셨던 무덤 위로 올라갈 수 있겠는가. 그냥 서서 바라만 보왔다. 바라보다 바라보다 눈을 감아 버렸다. 한 때 이 땅의 지배자였던, 역사 속에 중심 인물인 위대한 왕의 무덤을 허술히 다루고 있는 무신경에 화가 나기 시작했다. 그래서 누구와 싸우기라도 한 것처럼 얼굴을 찌푸리며 걷기 시작했다.

동네 입구에는 대왕의 릉에서 가지고 온 듯한 기단석이 버젓이 개울가 다리의 쓰임새로 놓여 있었고 백일홍, 우승화, 옥잠화는 고구려의 전설이 되어 하늘거리며 웃고 있었다.

전 세계 학자들이 주목하고 있었음일까?

포기한 듯한 광개토대왕릉의 관리와는 달리 광개토대왕비는 보존이 잘 되어 있었다. 나는 그동안 사진으로만 보고 사모해 왔던 거대하게 우뚝 솟은 광개토대왕비를 보는 순간 '고구려 땅에 너무나도 잘 왔구나' 하는 감격에 물씬 젖어들었다. 고구려의 후손이라는 사실이 너무나 자랑스러웠고 가슴을 뛰게 만든 순간이었다. 잃어버린 영토 생각에,

"여기 이 광활한 땅은 우리 땅이다. 이렇게 움직일 수 없는 증표가 있지 아니 한가."

나는 두 팔 벌려 소리 높이 외치고 싶었다. 공연히 힘이 솟아올랐다.

맞은편에는 중국인 여러 명이 그들의 안내원에게서 설명을 듣고 있다. 물끄러미 바라보다가 문득 이런 생각이 들었다. 그녀는 어떤 시각으로 역사를 해석할까. 역사는 승자의 관점으로 왜곡될 수가 있는데 한 때 만주벌판을 호령했던 고구려의 역사를 그녀는 어떤 마음으로 그려내고 있을까. 만약에 우리 고구

려가 최후의 승자였다면 거꾸로 중국인들은 우리나라로 관광을 와서 구경할 것이다.

안내원의 무어라 알아들을 수 없는 말에 떠들썩 웃음소리가 요란하다.

나는 서둘러 비 앞에서 사진을 찍었다. 놓치지 않으려고. 어디로 달아날까 봐.

돌아가는 버스 안에서 나는, 대왕릉이 바라다보이는 데 광개토대왕의 업적비를 세운 장수왕의 마음을 비로소 읽었다.

바로 광개토대왕의 몸과 정신이기에······.

고구려의 맛

***** 해외 역사탐방 중에 끼니 때마다 색다른 맛을 만나는 일은 참으로 즐겁다. 내 입맛에 맞거나 안 맞거나 손톱만큼의 노동도 안 하고 떡 벌어진 한 상이 기다리는 호사가 뒤따른다. 이렇게 몇날 며칠을 마님처럼 먹어만 주다가 비행기가 우리나라 땅에 닿으면 그제서야 달콤한 백일몽에서 깨어난다. 비행기에서 내리는 순간이 바로 끼니 걱정으로 들어서는 관문이기 때문이다.

이번 답사 여정은 중국 영토에 속한 우리 옛 고구려 땅이다보니 먹거리가 내 입맛에 잘 맞는다. 우리는 주로 조선족이 주인장인 식당이나 우리 한국 사람이 대련까지 진출해서 크게 차린 한국식당을 순례했다. 그러다보니 상차림은 순 우리 한식과 함께 중국 요리를 한국인의 입맛에 맞게 응용한 퓨전음식이다.

대련의 한국식당은 넓직한 공간과 함께 정갈한 분위기에 종업원들도 친절하다. 홀 중앙에는 의자도 있지만 우리나라 식당처럼 장판바닥에 앉아서 긴 상을 마주 보고 먹는 방도 있다. 그리고 무엇보다 모든 반찬에서 중국적인 그 야릇하고 느끼한 향이 나지 않아 속이 개운하다.

고구려 후손(조선족)의 식당은 식탁이 보통 열 명이 앉게 되어 있는 둥그런 원탁이었는데, 식탁 가득 빼곡히 큰 접시에 밥과 반찬이 수북하게 담겨져서 우리를 기다리고 있다. 음식은 반찬접시마다 종류가 다 달랐는데 문제는 맞은편에 앉은 사람이 저 끝 쪽에 있는 음식을 맛보려면 도저히 손이 닿지 않는다. 이때 배려심 깊은 누군가가 지혜롭게 일어나 이쪽 끝 반찬과 저쪽 끝 반찬을 골고루 나누어 주는 수고를 해야 한다. 그래야만 온갖 음식을 골고루 먹을 수 있다.

북경이나 상해의 음식점은 손으로 돌리면 돌아가는 원탁이라 입맛에 당기는 음식이 있으면 빙 돌려 자기 앞에 놓이게 한다음 덜어 먹는다. 그래서 편안하게 음식에 몰입할 수 있다.

상차림을 보면 쌀밥이 주식인 우리처럼 각자 자기 몫의 밥이 없다. 대신 하얀 산처럼 수북하게 담긴 밥이 중앙에 큰 접시로 딱 한 접시가 놓여 있는데 각자가 짧은 플라스틱 수저로 먹을 만큼 빈 접시에 덜어 먹게 되어 있다. 그래도 반가운 음식은 배추된장국이었는데 이 된장국도 우묵하게 깊은 국 대접에 담겨서 딱 한 그릇뿐이다. 된장국 역시 수저로 받침접시에 덜어 먹어야 한다.

내 바로 앞에는 어른 손바닥만 하게 저민 돼지고기를 통째로 튀긴 낯선 중국식 탕수육이 푸짐하게 놓여 있다. 젓가락으로 집어 요모조모 살펴보니 종잇장처럼 얇게 썰은 돼지고기를 우리처럼 밀가루나 빵가루 옷을 입히지 않고 고기 그 자체로 바짝 튀겨 붉으스름한 소스를 끼얹은 음식이다. 한 점을 들어 살짝 씹어 보니 혀끝에서 탄내 나는 기름기가 뱅뱅 돌면서 떠나지를 않는다. 꼭 무슨 활활 불타는 프라이팬 속에 든 음식을 꺼내 먹은 맛이다. 입안으로 굴리다 말고 슬그머니 젓가락의 방향을 틀었다가 천하일미를 만났다.

바로 함초로이 담긴 표고버섯 볶음이다. 표고의 결에서 깊은 산골짜기의 바람과 솔향기가 풍겨 나온다. 나는 워낙 버섯요리를 좋아하는데 여기에 기둥이 실하고 쫀득쫀득한 싱싱한 표고버섯을 만나니 고단이 저만치로 물러간다. 덩달아 물기가 질편하면서 허옇게 무친 콩나물무침도 반갑고, 고춧가루로 벌겋게 버무린 돼지고기 김치 볶음도 우리 토속음식이라 나의 젓가락이 신이 났다.

여기에 고사성어를 충실히 따른 어두일미魚頭一味 요리가 압권이다. 비늘만 긁어내고 전혀 다듬지도 않은, 태초에 생긴 그대로 바짝 튀겨놓아 눈알이 말똥한 어두(머리)와 꼬리지느러미가 닭 벼슬처럼 솟아올라 자꾸 눈에 거슬리는 조기새끼 튀김이 바로 그 것이다. 맛은 우리가 즐겨 먹는 굴비구이나 조기조림의 향보다는 느끼한 기름맛이 강렬하다.

바로 옆 접시에 전혀 고춧가루를 안 친 씨알 굵은 생선을 토막낸 허연 찜이 있어서 한 점 먹어보니 낯익은 맛이다. 주인장에게 이름을 물어 보니 명태찜이란다. 역시 우리 겨레의 맛있는 음식이다. 그런데 고구려 사람들도 좋아했을까.

압록강을 지척에 둔 국경도시 단동에서 먹은 숯불 소고기의 연한 결이 사무치게 그립다. 달지 않고 약간 심심한 맛이 숯향기와 엉켜서 입안에서 녹아드는데 씹히는 육질이 너무나 연해서 그대로 부서진다. 절대 환상의 맛이라 석쇠에 얹은 고기가 구어지는 찰나의 시간조차 지루했다.

햇빛 가림막을 친 허름한 식당 마당에서 우리 회원 64명이 숯불을 마주하고 둘러앉아 먹는데 골목길을 돌아 우리에게 달려온 압록강 바람이 불을 꼬드기며 숯의 기운을 북돋아 준다. 그리고 우리에게 민족의 강 압록강이 아까부터 기다린다고 속삭인다.

접시에 물기 맺힌 푸른 상추잎을 펴고 고기 한 점, 마늘 한 조각, 김치 한 쪽을 얹으며 나는 밤새도록 버스로 달려와 뻣뻣해진 '나'를 풀어 놓았다.

바람 길

***** 보이지 않는 길을
바람은 용케 찾아간다
바람 길은 사통팔달四通八達이다

나는 비로소 나의 길을 가는데
바람은 바람 길을 간다
길은 언제나 어디에나 있다

– 천상병 시인의 〈바람에게도 길이 있다〉 중에서

이번 여름 바람 길은 몽골, 시베리아 바이칼이다.

언제나 바람은 내 곁에서 맴돌았다. 그러다가 길들여진 삶의
틈을 비집고 들어와 마음 한 쪽 귀퉁이에 채 푸르지 않은 배낭
을 흔들고 지나간다.

미지의 길을 찾아가는 여행은 언제나 가슴이 울렁거린다. 그

러면서 내 안에서 잠자고 있던 열정이 뜨겁게 살아난다. 어느덧 강산이 한 번 바뀐 시간 속에서 모두와 함께 해 왔던 헤아릴 수 없는 많은 추억의 역사여행들……. 누가 강제하지 않아도 전화 한 통화로 우린 모였다. '역사탐방'이라는 명제 아래 각 지역에서 모여 만나고, 공부하고, 헤어지고, 또 만나며 잊혀져 간 역사를 조각조각 맞추는 퍼즐놀이를 했다. 아이들과 어른 모두 다 보고 듣고 느끼고 상상하면서 애써 맞춘 그림에 가슴 뿌듯해 하면서 다 함께 즐거워했다. 그리고 다음에 맞출 역사의 퍼즐을 손꼽아 기다린다.

그동안 기상이 철철 넘치는 고구려도 만났고, 슬픈 백제와 서로 흐느껴 울었으며, 의외로 강건했던 철기문화의 가야제국을 경의의 눈으로 바라보았으며, 둥글고 따뜻한 신라의 품에도 포근히 안겨도 보았다. 또 대한민국을 넘어 막강했던 제국, 고구려의 잃어버린 땅도 가 보았다. 온 거리와 들판이 고구려 유적인 중국 집안集安의 거리를 걸어 갈 때에는 가슴 속에서 서늘한 바람이 불었다. 너무나 안타깝고 서러워서 발길이 떨어지지 않았다.

아파트로 포위당한 국내성……, 광개토대왕릉……, 너무도 위풍당당해서 오히려 슬픈 광개토대왕비……, 동방의 피라미드라고 불리우는 어마어마한 장수왕릉과 거대한 12개의 받침돌……, 아직도 내 눈에 선연한 신비로운 색체의 보물 5호묘……, 고구려의 선녀는 벽화 속에서 아직도 너울대며 춤을 추겠지!

조선통신사의 발자취를 찾아갔던 히로시마 쇼토엔(조선통신사 사료관)의 자갈거리는 현관돌도 생각난다. 일부러 부슬부슬 내리는 비를 맞고 가지런히 깔려 있던 자갈을 밟았을 때, 지즐거리며 속삭이던 돌맹이들의 반기는 소리가 참으로 정겨웠다. 어서 오라고 반갑다고 반기는 것같아 무척 마음이 따뜻했었다.

작년에 갔던 실크로드 길은 정말 압권이었다. 버스로 달리고 달려도 끝이 안 보이는 타크라마칸 사막지대와 생전 처음 낙타를 타고 올라가 본 아름다운 모래언덕 명사산, 그리고 반달 같은 미인형상인 월아천의 절대적인 아름다움. 이 비단길은 우리의 자랑스러운 고구려 사람인 고선지 장군이 세계 최초로 열었으며 신라의 학승 혜초대사가 고행을 하며 걸어갔던 죽음과 같은 험난한 길이다.

아직도 어른거린다. 송충이 같은 굵은 눈썹을 꿈틀대며 눈썹춤을 추던 신강 위그로족 남자 무용수의 현란한 웃음……, 투루판의 고창고성에서 영롱한 소리 뿜어져 나오던 작은 종을 흔들거리며 팔던 빠알간 민속 옷을 입은 수줍은 소녀……, 그리고 온통 누우런 황톳빛 세상으로 아직도 마법에 걸린 듯한 신비로운 돈황. 작년에 나는, 집에 와서도 석 달 열흘 동안 실크로드 길 위에서 흔들거리며 살았다.

또 다시 환상의 길 위에서 흔들거릴 것 같다. 몽골의 대초원과 게르, 그리고 영화 〈닥터 지바고〉에 나오는 시베리아 횡단열차와 바이칼호수를 마음 속에서 그려만 봐도 행복하다. 여행

일정을 들여다만 봐도 가슴이 두근거린다.

　역사를 찾아 바람 길을 따라가 보니 하늘 길이 열리지 않았던 고대의 바다는 역사 길의 소통이었다. 바다를 통해 사람도 물자도 문화도 역사가 되어 서로 오고 갔던 것이다. 우리의 역사탐방에도 아낌없는 자원봉사로 이끌어 주시는 큰 바다 같은 분들이 많이 계신다.

　어린 학생들에게서 미래의 우리나라를 짊어질 역사학자의 싹을 틔우고 싶다는 신념 하나로 국내외 역사탐방의 기획에서부터 책의 편집까지 도맡아 하시느라 컴퓨터 멀미가 나신다는 정열적인 김정오 원장님. 초창기부터 지금까지 고구려와 어린이들을 진정으로 사랑하시고 여행지에서는 빈약한 호주머니를 털어 아이들에게 자그마한 선물도 안겨 주시는 윤명철 교수님. 아무도 거들떠보지 않았을 때부터 길바닥에 나뒹구는 백제 기와들을 수집하여 백제의 유물들을 지켜내신 목소리 쩌렁쩌렁하신 노구의 이석호 선생님. 가야제국을 포함하여 사국시대라며 온몸으로 어린이들에게 가야의 혼을 불어넣어 주신 윤석효 교수님. 구미와 신라답사 때 일박이일의 여정을 열성으로 뒷바라지해 주셨던 구미대학의 이상권 연구원님. 그리고 백제 부흥군을 도우러 건너왔다가 떼죽음 당한 일만 명의 왜군들이 묻혀 있다는 기막힌 막무덤 앞에서 백강의 전설을 들려 주시던 홍석표 내포문화원장님. 그리고 탐방 때마다 만났던 많은 선생님들……. 안성의 김유신 예총회장님, 예산의 우제봉 예산문인협회 전회장님, 중국연변대학의 최문식 교수님과 연변 문인들,

일본의 한일포커스 대표 강성재 한일친선협회 회장님, 또 탐방 때마다 앞장서서 도와주시던 향토문화 해설사님들……, 너무나 고맙고 고마우시다.

여행은 막상 떠날 때보다 떠나기 전에 그리움이 더욱 살갑다. 또 가방을 챙길 때에 부산한 손놀림이 즐겁다. 몇 번이고 점검하다가 점점 배가 불러오는 짐을 다시 덜어내는 과정……. 짐을 챙길 때마다 가끔 삶의 길과 똑같다는 생각을 많이 한다. 언젠가는 훌훌 털고 빈손으로 떠나갈 종착역이 있음을 알면서도 사고 쌓고 소유하고 가둬두고 복잡하게 사는, 아직도 내 안에 가득한 욕심. 이번 바람 길은 홀가분하게 떠나가야겠다, 수첩과 함께.

실크로드는 우루무치로 흔들리고

***** 실크로드가 흔들린다. 저 찬란한 실크로드의 지킴이, 신장新疆 우루무치가 술렁거린다. 지금도 눈에 삼삼한 그 어느 해 팔월 여름 한복판. 복잡한 우루무치역 앞 시장거리에서 우리가 탄 버스를 향해 다 먹은 빈 물병을 서로 달라고 고사리 같은 손을 내밀던 위그르 아이들. 여기에도 서열이 있어 덩치 큰 아이가 눈을 부라리며 작은아이가 얻은 물병을 낚아채 가던 그 서늘함이 더위를 이기던 팔월. 청포도가 들큰한 내음을 풍기며 익어가는 이 찬란한 실크로드에서 나라를 잃은 후예들이 이렇게 시들고 있구나 하는 생각에 마음이 참 아렸는데, 살갗으로 땀이 흐르는 것조차 거부하는 그런 더위 속에서 가슴 속으로는 휑한 바람이 건듯 불었었다.

위그르족의 고향 우루무치에서 위그르족과 한족간의 민족분규가 한창이다. 한족 소녀 2명이 위그르족 청년에게 성폭행 당했다는 유언비어가 그동안 잠재되어 있던 두 민족의 팽팽한 감정의 줄을 끊어 놓았다. 불과 며칠 만에 천여 명의 생명들이 생을 달리 했거나 다쳤다니 얼마나 큰 비극인가.

펼쳐진 신문 활자가 낱낱이 선홍으로 변하여 꼬물꼬물 분해되어 내게로 달려온다. 이글거리는 태양 아래 몽둥이를 든 한족 청년들 한 무리와 내 남편 내 아들 돌려 달라며 맨주먹 불끈 쥔 스카프 쓴 위그르족 여인들의 사진 속에서 슬픔의 날이 번득인다.

터키계(系) 수니파 무슬림들인 신장 위그르족은 중국을 대표하는 한족들과 언어, 풍습, 전통 등 모든 문화가 전혀 다르다. 위그르 여자들은 현대식 바지를 입어도 머리에 스카프는 꼭 쓰며 위그르 남자는 위그르 전통 사각모자인 작은 '돞바' 를 하얀 수실로 촘촘하게 짜서 뒷머리에 살짝 얹거나 천으로 된 머리를 완전히 가리는 '돞바' 를 머리 정 중간에 꼭지가 위로 오도록 쓴다.

내가 만났던 위그르인들은 생김새부터가 마르고 큰 키에 쌍꺼풀진 커다란 눈과 오뚝한 코, 굵은 눈썹을 가진 잘 생긴 아랍계였다. 그들은 대대손손 거칠은 실크로드 길목을 지켜 왔으며 지금도 밤에는 소박한 나무침대를 대문 밖에다 놓고 잠을 청한다. 여전히 자기네 언어인 위그르말을 쓰고 위그르어로 소통하는 위그르인은 과거와 현재, 그리고 미래에도 여전히 위그르인일 뿐이다. 그런데 국가는 중국이며 신장 위그르자치구에 속한다.

아직도 카레즈(Karez)의 그 컴컴하면서도 맑은 냉기가 흐르던 지하수로가 눈에 어른거린다. 카레즈는 신장 위그르인의 고난을 대표하는 불굴의 문화유산이자 세계자연유산이다. 카레즈를 보러 지하 동굴에 들어 들어갔을 때 나를 감쌌던 그 상쾌하고 서늘한 공기와 함께 좁은 수로를 따라 좔좔 흐르던 맑은 물의 합창소리는 가히 지하세계가 뿜어내는 완벽한 미학이었다.

온통 사막뿐인 척박한 땅에서 살아남기 위해, 365일 그 천지가 조화를 부린 날들 중에 겨우 손꼽을 만큼의 비만 오기에 투르판 지역에 사는 위그르족은 환경과 싸움을 벌였다. 그리고 이겼다. 일년 내내 흰 눈을 머리에 이고 위풍당당 굽어보는 천산산맥의 눈 녹은 물을 끌어들일 기막힌 묘책을 생각해 낸 것이다.

해마다 녹아 흘러 나오는 3억톤 가량의 물을 지하로 끌어들일 원대한 계획을 짠 이천년 전의 강인한 위그르족은 지하로 들어가서 땅을 파고 또 파며 샘길을 만든다. 그리고 드디어 5천킬로미터의 지하수로(카레즈)를 거미줄처럼 만들어 놓고 천산의 생명수를 끌어들여 자식을 낳고 문명을 이룩하며 번영을 한다. 여기에다 천산이 토해낸 맑은 물을 먹고 자란 당도 높은 그 유명한 포도농사를 걸출하게 짓는다.

지금 세계 각지에서 귀한 포도주로 대접받고 있는 포도주가 바로 천산의 물을 먹고 자란 신장 위그르족의 카레즈 포도주이다. 나도 같이 여행 온 예쁜 후배에게 선물을 받고 집에서 아껴두고 두고두고 혀끝을 적셨는데 사실은 카레즈를 그리워하며 홀짝였다. 그것도 일년이 넘게.

카레즈 길 안에는 고난의 역사를 보여주는 카레즈박물관이 있다. 여기에 인간이 자연과 사투를 벌인 흔적이 고스란히 녹아 있어 장엄한 역사와 맞닥뜨리면서 숙연해진다.

발길을 돌려 끝도 없는 수로를 걷다가 자그마한 좌판을 벌린 위그르 상인도 만났는데 구경하는 기분이 제법 쏠쏠하다. 주로 가죽 제품인 옷가지 틈에서 짙은 고동색의 양가죽 조끼를 발견했는데 어느 해 여행 다녀온 친지가 선물해 준 채로 장롱 속에서 잠자고 있는 바로 그 조끼이다. 반가운 마음과 함께 카레즈를 알아보지 못해 구박받은 조끼에게 미안한 마음이 들었다.

카레즈를 나오니 우리 일행을 기다리던 버스는 잠깐 달리더니 포도가 풍성한 어느 마을에 우리를 토해 놓는다. 기다리고 있었던 듯 긴 치마에 검은 색 체크무늬 스카프를 쓴 나이 지긋하고 후덕하게 생긴 아낙이 손을 잡아주며 우리를 반겨준다. 아마도 그 집안의 큰 어른인 듯하다. 대문을 들어서니 안마당에 평상이 놓여있고 머리 위에는 양쪽으로 심은 잎사귀가 무성한 포도나무 두 그루가 달짝지근한 단내를 풍기며 시원한 그늘을 만들어 준다. 푸짐하게 차린 상에는 그 유명한 투르판 청포도와 우리나라 전병 비슷하게 생긴 밀가루 반죽으로 동그란 원 모양을 만들어 튀긴 위그르족의 과자가 기다리고 있다.

평상에 둘러앉자 음악소리와 함께 하늘거리는 빨간 민속의상을 입은 소녀가 등장한다. 아마도 집안의 손녀딸인 듯싶은데 빠르고 경쾌한 음악에 맞추어 한들거리며 춤을 춘다. 쭉 뻗은 팔과 함께 손가락의 손놀림으로 바람을 불러들이는 춤사위는 빠르게 돌아가면서 무척 쾌활하다. 우리의 전통춤은 우리 민족의 정서와 한을 바탕으로 한 느릿느릿하며 절제된 무용인데 이곳 천산남로 타클라마칸사막 길의 위그르족 춤은 손짓과 발놀림으로 사랑을 표현하는 역동적인 춤이다. 보는 이들도 덩달아 기운이 오르면서 손뼉과 함께 온몸을 들썩인다. 소녀가 춤춘다. 실크로드가 춤춘다. 나도 춤춘다.

춤에 취하고 포도에 취하고 이국적인 과자에 취하면서 그들이 상품으로 내민 포도주와 건포도, 그리고 여러 가지 과일 말린 것을 사거나 구경하면서 느린 여행의 시간을 즐기는 일도 여행의 백미이다.

실크로드 길 위에서 내가 탔던 낙타는 잘 있을까. 꽤나 장난꾸러기였는데. 어느새 나의 사유가 실크로드에 앉아서 흔들린다.

실크로드에도 남산목장이 있었네

　*****　실크로드 길목, 우루무치 남쪽 마을 하자크족의 남산 목장을 찾아가는 그 아침은 참으로 맑았다. 아침 기운이 벙글 거리며 산소를 흩뿌릴 때 나는 몸 속 깊숙이 긴 호흡으로 받아 들이면서 바람의 울음과 함께 올올이 일어나는, 갈기털이 멋진 야성의 말을 탄다는 생각에 한없이 들떴다.

　실크로드에도 남산목장이 있었네.

　우리 애국가에 나오는 철갑을 두른 것처럼 기상이 시퍼런 늠 름한 소나무를 품고 있는 우리 민족의 사랑, 남산과 똑 같은 이 름이라네.

　이름을 듣는 순간 우리 한민족과 무슨 비밀스런 인연이 엉켜 있을 거라는 상상으로 부풀었네.

　호기심에 눈을 반짝이며 현지 가이드에게 낮은 소리로 '무슨 사연이 있나요?' 하고 물어보니 '그냥 실크로드 남쪽에 있는 목장이라서 남산목장이라고 부릅니다' 라는 싱거운 대답만 날아왔네.

어찌나 실망했던지. 그래도 '남·산·목·장' 하고 힘주어 불러보니 정다운 마음이 솟구쳐서 끝없이 펼쳐진 저 초원을 내 눈시울에 담뿍 담았지.

아침 햇살이 내려앉은 하자크족 마을은 굵은 침엽수가 둥지를 튼 산기슭을 뒤로하고 드넓은 초원을 앞마당으로 쓰면서 말과 함께 공존하며 살아가는 기마민족이다. 이 마을은 최첨단 모바일기계가 번쩍이며 소통하는 바깥세상과 상관없이 아직도 교통수단으로 말을 이용한다. 덕분에 시골마을 어디를 가나 매연괴물 자동차가 막무가내로 고개를 디밀고 있는 요즘 이 시대에도 아직까지 문명이 침범을 하지 않아 주위 풍경이 순정하고 깨끗하다.

여기에 세계화의 이름표를 단 우리가 매연 풀풀 날리는 대형 버스를 타고 와서 하자크족과 거래를 한다. 관광객의 이름으로 우리는 달러를 내밀고 그들은 말을 타게 해주며 생계를 번다.

그 여자가 보고 싶다.

빛바랜 파란 트레이닝 웃도리에 머리를 질끈 동여맨 호리호리하게 마른 하자크족 젊은 여자. 칠월과 팔월 사이, 뜨거운 여름의 행간인데도 서늘한 바람이 활개를 치는 실크로드 초원에서 만난 여자. 순전히 말채찍을 골랐다는 이유로 만난 수줍어 배시시 웃던 그 여자.

그때, 그 서늘한 초원에서, 초원 닮은 파란 하늘을 바라보다가, 말똥 냄새나는 초원 냄새를 맡아보는 우리를 보며 현지 안내원은 가만히 있으라고 하면서 그들과 이야기를 한다. 곧 이어 말채찍을 수북하게 안고 오더니 하나씩 고르라고 확 펼쳐 놓았다. 고르면 채찍 임자가 말을 끌고 온다고 하면서.

얇은 옷 사이로 파고드는 바람은 얼마나 차가웠던가. 성가신 바람 등쌀에 움츠리면서 손잡이 끝에 붉고 푸른 실로 알록달록 예쁘게 치장한 말채찍을 집어 들었다. 그냥 땋은 모양이 하도 고와서, 아마도 잔정이 많은 사람일 거야 하며 뽑아 들었다. 그랬더니 금방 그 여자가 쑥스러운 웃음을 지으며 말을 끌고 내게로 다가왔다. 그러면서 내가 쥔 채찍을 가리키더니 자기 것이라며 얼른 말을 타라고 말 잔등을 두드렸다. 얼마나 마음이 놓였던지. 얼마나 포근한 여자가 말 임자라 좋았는지, 나는 활짝 웃으면서 잘 부탁한다고 손을 내밀었다.

마음이 출렁거리며 솟아오르려는 그 찰나를 알겠다. 말잔등에 올라타던 바로 그 불안했던 순간이다. 겨우 발걸이에 발을 올려놓고 말에 앉아 허리를 곧추세우는데 그동안 땅에만 익숙했던 발이 공중에서 건들거리며 불안하다고 마음에게 마구 신호를 보낸다. 이런 내 마음이 얼굴에 쓰여져 있는지 여자는 내 뒤로 가볍게 올라타더니 내 손을 끌어다 안장손잡이를 잡으라 하고 한 손으로는 말고삐를 잡으면서 기운차게 '오잇' 하고 소리치며 채찍으로 말 엉덩이를 사정없이 후려치면서 냅다 달린다.

말이 달리고 바람도 달리는 바람에 얼떨결에 겁쟁이 나도 따라 달린다. 악 소리를 지르면서 천천히 가자고 연방 팔을 아래로 내리는 시늉을 하면서 내 뒤의 그녀를 다급하게 쳐다본다. 말과 한 몸인 그 여자는 빙긋 웃음을 날리며 그제야 말고삐를 천천히 끈다.

겁은 나는데 흥이 돋는 건 왜 그럴까. 저 밑바닥, 내 마음 속에 잠자던 흥이 치고 올라오는 게 느껴진다. 야성의 두려움에 잡혀 있던 내 몸이 말의 리듬을 따라 같이 건들거린다. 말갈기는 공중으로 뻗어 위엄으로 빛나고 안장을 움켜쥔 내 손에선 땀이 배어 나온다. 두려움은 저만치 사라지고 저 초평선을 끝없이 달리고 싶은 충동에 마음이 들썩인다.

저기 저 앞머리에 생전 처음 타 본다는 중 2짜리 준이가, 초등 4학년 병철이가, 초등 3학년 일송이가 말 임자는 땅에서 뛰어가라 하고 혼자서 힘차게 달린다. 우리 고구려 아이들이 달린다.

말 타고 달리는 아이들을 보며 실크로드를 개척한 고구려 출신 영웅 고선지 장군을 생각한다. 아무에게도 길을 열어주지 않았던 세계의 지붕 파미르고원도 메마른 공기와 뜨거운 사막을 헤치고 죽음처럼 넘어온 고선지 장군에게 정복당했다. 여기에 산소가 부족하여 새조차 날 수 없다는 티베트의 라샤를 지나 지금의 아프카니스탄 카불에 집결해 있는 10만 대군의 아랍 연합군과 맞붙어 승리를 거둔다. 고구려의 핏줄이기에, 영웅 고선지 장군이기에, 그는 이렇게 척박한 실크로드에서 위대한 새 역사를 썼다.

우리의 유전자는 이렇게 용맹한 고구려의 피가 절절 끓는다. 그래서 누가 가르쳐주지 않았는데도 저리들 잘 달린다. 앞서거니 뒤서거니 산굽이를 도는 우리 청소년들 모습에서 기마민족의 기상이 튀어나온다. 고선지 장군이 웃는다.

신이 났다. 그래서 나도 빨리 가자는 손짓을 해 보였다. 여자는 알았다며 말 엉덩이를 세게 친다. 말이 달린다. 내가 달린다. 산이 달린다. 초원이 달린다. 내 마음도 자유를 안고 달린다. 말의 마음이 내 마음과 하나가 되었다.

이제 겨우 말에게 익숙하려니까 어느새 처음 탄 자리에 버스가 보인다. 나는 고생한 말에게 잔등을 두드려 주며 고맙다고 속삭이고 그녀에게 작은 사례와 함께 목에 걸고 있던 볼펜을 선물로 주었다. 그리고 우리 둘은 폼 잡고 어깨에 팔을 두르며 나란히 사진을 찍었다.

말에서 내린 우리는 하자크족의 집인 파오에 초대받았다. 몽골천막을 닮은 널찍한 파오 안에서 화려한 벽걸이를 보면서 따뜻한 말젖을 대접받았다. 꼭 우유 빛깔이다. 엄마말의 젖이라…… 먹을까 말까 한참을 망설이다 딱 모기의 오줌만큼 삼켰다.

실크로드 그 아득한 길 위에 서서

***** 아직도 실크로드가 눈 앞에서 아른거린다. 여행을 다녀 온 지 한 달이나 넘었는데도 나는 아직도 실크로드 그 길 위에 서서 흔들거린다.

누런 황톳빛의 세계, 강렬하고 폭발적인 음악소리, 긴 머리를 여러 갈래로 땋아 허리 아래까지 늘어뜨리고 하늘거리는 빠알간 긴 치마 민속 옷을 입고 가느다란 손가락을 꼬아 바람을 불러들이는 춤을 추는 신강 위그르족의 얼굴 예쁜 무희들…….
그리고 격렬한 춤을 추다가 송충이같이 굵은 눈썹을 꿈틀거리며 객석의 여인들을 유혹하던 남성미 물씬 풍기던 무용수의 현란한 춤사위……. 박자에 맞춰 꿈틀대며 춤을 추는 위그르 남자 무용수의 눈썹춤에 옆자리에 앉았던 일본 여자 관광객들은 얼마나 자지러지게 웃었던가. 그리고 나 또한 익어가는 청포도에 취해 얼마나 얼굴을 붉혔던가.

깊어가는 밤과 함께 사랑을 갈구하는 감미로운 노래 소리는 객석을 출렁거리게 하고 마지막 순서로 무희들의 손에 이끌려 무대로 올라선 김정오, 윤명철 두 분 교수님과 영낭이 어머니 회원의 춤은 우리 일행들을 흥분의 도가니로 빠져들게 하였다.

특히 회교족 남자들이 쓰는 실로 뜬 하얀 납작모자를 머리 뒷꼭지에 얹고 신들린 듯한 몸짓으로 추는 윤명철 교수님의 춤은 누가 무용수인지 누가 여행객인지 모를 정도로 폭발적이었다. 도무지 알 수 없는, 저 분의 어디에 저런 춤 귀신이 숨어있었나 싶을 만큼 그 순간만은 무대와 객석이 한 덩어리가 되어다 함께 녹아들었다.

－낙타 영원한 방랑

방울소리 달랑거리는 낙타를 타고 오르내리던 명사산이 그립다. 그리고 시간에 쫓겨 미처 찾지 못해 못내 안타까운, 낙타를 타고 찍은 내 즉석사진이 아직도 나를 부르는 듯하다.

어른과 아이 두 명씩 짝을 이뤄 털이 북실북실한 커다란 낙타를 타란다. 나는 나만큼이나 겁이 많은 제자 영낭이와 짝을 이뤄 우리에게 배정된 49번 낙타 앞에 섰다. 첫눈에 땅에 너부죽히 엎드린 폼이 젊고 강하게 생긴 녀석이다. 우리는 엉거주춤 두려움에 떨며 조심스레 영낭이는 앞에, 나는 뒤에 앉아 낙타 등에 얹혀진 방석 손잡이를 꼭 잡고 그저 처분만 기다렸다.

낙타몰이 소년의 으얏 소리와 함께 무릎을 꿇고 있던 낙타가 갑자기 벌떡 일어난다. 움찔하며 영낭이의 허리를 바짝 껴안은 나는 저 앞서 가는 우리 일행의 낙타 행렬을 바라보았다. 길게 줄을 이어가는 모습이 아주 장관이다. 거의 끄트머리 줄에 끼어 우리 낙타도 달랑달랑 방울소리 울리며 사막 길을 헤쳐 간다.

낙타는 한 조가 세 마리씩 짝을 이룬다. 그리고 서로의 코에다 우리나라 소처럼 코뚜레를 뚫어 서로 줄을 이었는데 내가 탄 낙타는 세 번째의 낙타로 털빛도 어두운 모래 빛이 돌면서 윤이 짜르르르 흐르는 혈기왕성한 녀석이었다. 그래서 그런지 어딘가 안정이 안 되고 불편하다.

또 하도 용솟음쳐서 기우뚱하게 앉은 영낭이와 나는 연신 비명을 질러대었다. 그러면서 혹여나 떨어질세라 몸을 수그리며 앞을 보니 우리 조 첫 번째, 두 번째 낙타를 탄 회원들은 편안해 보인다.

웬일인가 하고 앞의 낙타들을 관찰해 보니 이내 까닭을 알 수 있었다. 맨 앞의 낙타는 얼굴도 자그마한 것이 돈벌이에 나선지 얼마 안 된 것 같은 어린 낙타라 얌전했고, 중간 낙타는 몸도 마르고 털빛도 거칠거칠 윤기가 없고 햇빛에 바랜 풍상을 겪은 늙수그레한 낙타였다. 그래서 세월의 노련미로 가운데 줄을 맡아 속도조절과 대장역할을 하는 듯싶었다.

반면에 우리가 탄 낙타는 혈기가 왕성하고 젊음이 넘치는 길길이 뛰는 낙타였다. 그래서 걸음 속도를 조절 못해 먼저 앞으로 나가려고 줄을 벗어나기 일쑤였다. 그렇게 성질이 급해서 앞으로 튈라고 하는 녀석을 가운데 낙타는 자꾸 얼굴로 밀어낸다.

이런 방방 뛰는 녀석을 만났으니 영낭이와 나의 고생은 어떠했으리. 하도 양다리에 힘을 주어서 다리가 얼얼하고 뻐근했으며 비명 또한 연신 질러대면서 낙타 등에 얹혀 좌충우돌 털럭털럭 명사산 월아천으로 역사 따라 길을 떠났던 것이다.

명사산의 깎아지른 낭떠러지 모래언덕과 한 폭의 그림 같은 월아천에서 꿈 같은 시간을 보내고 돌아가는 시간이 다가오자 슬그머니 걱정이 들었다. 49번 이 녀석을 어찌해야 한단 말인가. 그래서 하늬솔 글벗인 유영미 선생에게 바꿔 타보자고 넌지시 부탁을 했다. 이해심 많은 영미 선생은 흔쾌히 그러자고 한다.

영낭이와 나는 얼른 둘째 번 녀석에게 올라탔다. 그랬더니 역시 짐작대로 몸을 편안하게 받쳐주며 안정감이 있게 걷는다. 그제서야 주위의 경치가 눈에 들어온다. 이번에는 뒤에서 영미 선생과 초등학교 5학년인 유진이의 아이쿠 하는 비명소리가 연달아 들려오기에 우리는 깔깔 웃음을 날려주었다.

저만치에 고비사막에서 많이 보았던 낙타의 밥이라는 소소초蘇蘇草라는 풀이 낮게 엎드려 있다. 소소초는 잎 전체에 선인장 같은 가시를 달고 있는 말라 비틀어진 것 같은 풀이다. 생명이 살지 못하는 고비사막에서 온몸에 가시를 매달고 사막에서 사는 키 작은 이 생명체에 놀랐다. 만져보면 따갑고 물 한 방울도 품고 있지 않은 것 같다.

낙타들은 이 소소초를 먹으면서 입에서 피를 줄줄 흘린다 하니 척박한 환경 속에서 산다는 것이 눈물겹다. 사람들도 극한

상황에 내동댕이쳐지면 아마도 낙타처럼 살게 되리라. 우리를 태워주며 돈벌이를 하는 명사산의 낙타는 주인에게 걸맞는 대우를 받겠지 하고 애써 생각해 본다.

갑자기 쌍꺼풀진 커다란 눈이 내 뺨께로 다가오더니 입을 맞추자며 달려든다. 또 성미 급한 49번 낙타이다. 역시 우리 낙타가 노련하게 밀어낸다.

털썩 낙타가 무릎을 꿇는다. 출발점으로 되돌아 왔다. 나는 내리면서 낙타의 털을 쓰다듬어주며 작별인사를 했다.

-명사산의 모래를 뒤집어 쓰고

낙타가 털썩하고 무릎을 꿇은 곳이 거대한 명사산 모래사막 초입이었다. 눈앞으로 끝없는 모래사막이 펼쳐졌다. 모래, 모래, 모래……. 하얀, 하얀, 하얀에 취해 비틀거리다가 까마득한 높이의 모래산에 걸쳐놓은 나무사다리를 타고 기어오르기 시작했다. 오르고 또 올라도 끝이 보이지 않는 모래산을 조심조심 사다리에 발을 걸쳐놓으며 바닥의 모래만 바라보며 기어오른다.

턱턱 숨이 막히는 무더위와 함께 앞에 길게 이어진 우리 회원들의 끝없는 행렬을 보며 올라가는 틈틈이 숨통이 트이게 행렬이 멈춘다. 올라가다 지친 당진문화원 선생님들의 다리쉼이다. 곧이어 쉬면 더 힘들다고 계속해서 올라가자는 어린 학생 회원들의 성화가 빗발친다. 그러나 나는 당진 선생님들의 다리쉼이 고마웠다. 나도 역시 숨이 턱에 다달아 간절하게 다리쉼을 갈망했기 때문이다.

그저 올라갔다. 반짝이는 모래 색깔처럼 머리 속을 하양게 비우고 그저 올라갔다. 그러면서 이 고비사막 길을 개척한 고선지 장군을 생각했다. 그리고 장군을 따랐던 휘하 병사들을 생각했다. 또 신라의 학승 혜초대사의 고행을 생각하며 걸었다. 거의 꼭대기쯤에 다 왔나 보다. 저만치 나무썰매들을 포개 넣은 곳에서 탈락한 회원들이 다리쉼을 하고 있는 모습이 보인다. 순간 주체할 수 없는 유혹이 나를 감쌌다. 더 올라가다가 나도 대열에서 벗어나 모래산에 털석 주저앉았다.

궁둥이가 따끈따끈하다. 밑을 보니 저 멀리 그림 같은 월아천의 모습과 함께 깎아지른 모래 낭떠러지가 나를 부른다. 큰일이다 어떻게 빠져 나가지. 새로운 걱정이 생겼다.

엉성하게 짠 나무 판자때기……, 이 물건이 모래썰매라 한다. 양손에 손잡이도 없고 겨우 발을 오그리고 몸만 들어가서 중간에 덧댄 판자를 꼭 붙잡고 저 위험천만 모래산을 내려가란다.

중국인 관리인에게 어떻게 타느냐고 걱정 섞인 몸짓으로 말했더니 자기가 타 보이면서 바닥의 나무를 꼭 붙잡으라고 시범까지 보인다. 그리고 빨리 타라고 회원들에게 손짓을 하는데 아무도 선뜻 나서지 않는다.

초등학교 5학년인 병철이가 용감하게 썰매에 올라탄다. 병철이는 몸이 가벼워서 그런지 쏜살같이 바람을 가르며 내려가 저 밑에서 손짓을 한다. 두 번째 선수로 김정오 교수님이 손수 시범을 보이신다며 자원을 하셨다. 어른 회원들은 마음을 졸이며 숨을 죽이고 지켜본다. 교수님은 그 가파르게 경사진 모래산을 쏜살같이 내려가는 것도 부족한지 골인지점을 반이나 남겼을 때부터 두 손을 번쩍 들고 손춤까지 추신다. 저만하면 나도 할 수 있지 않을까. 슬금슬금 자신감이 생긴다.

내려가고 싶었다. 어서 지상에다 단단히 내 발을 딛고 싶었다. 여기는 당최 현실감 없는 모래산 꼭대기라 이 엄청난 마음의 부담을 털어내고 싶었다. 나는 마음을 굳게 먹고 썰매에 올라탔다. 그리고 밀어주는 관리인의 손길에 나를 맡겼다. 엄청 무서웠다. 귓가에 스치는 슝하는 바람소리와 엄청난 속도에 겁을 집어 먹었다. 그래서 고개를 잔뜩 수그리고 몸을 있는 대로 움츠렸다. 그저 어서 이 시련이 끝나기만을 신께 기도했다.

그때였다. 갑자기 모래가 물보라를 일으키며 나를 공격해 왔다. 썰매 끝에서 부딪치는 모래가 알알이 일어나 성난 폭풍우로 돌변해 나를 덮쳤다. 자연의 힘에 꼼짝없이 당하는 순간이었다.

어느새 모자는 저 멀리 날아가고 길길이 뛰는 모래는 내 얼굴까지 덮쳐 왔다. 선글라스를 껴서 다행히도 내 눈은 무사히 위기를 넘기고 옷 속으로 들어온 모래와 함께 서걱거리면서 무사히 평평한 모래에 닿았다.

모래범벅으로 엉거주춤 내려오는 나를 보고 깔깔 웃는 회원들의 얼굴이 흐리다. 다리라도 부러졌으면 어쩔 뻔했느냐고 천행이라고 하는 소리도 들린다.

천막 안으로 모인 우리 회원들은 북쪽 기슭 저만치 손에 잡힐 듯이 내려다보이는 월아천月牙泉을 향해 걸어갔다. 월아천은 사방이 모래산에 둘러싸인 초승달처럼 생긴 예쁘장한 작은 오아시스다. 신비로운 일은 이 호수는 수 천년 동안 물이 한 번도 마르지 않았다고 한다.

월아천 가까이에서 사진을 찍으면서 아름다운 풍경을 홀린 듯이 보노라니 홀연히 낙타 울음소리, 말 물 먹이는 소리, 병장기 부딪치는 소리가 들리는 듯하다. 고선지 장군을 비롯하여 수많은 병사들……, 그리고 행상들, 부족들, 여행자들……, 그들은 다 어디로 갔을까.

문득 '산천은 의구하되 인걸은 간 곳 없다' 란 옛시조가 입가에서 맴맴 돌았다.

몽골, 그 순수

광고 한 귀퉁이 조그만 활자 〈특수지역〉을 결코 만만히 보거나 스쳐 지나가듯 눈길을 주면 안 된다. 〈특수지역〉이라는 말은 말 그대로 모든 시설이 열악하고 덜 문명화 된 특수한 지역이므로 이곳으로 여행을 떠날 때에는 차돌맹이같이 단단한 마음의 준비를 하고 오라는 뜻이다.

나도 그랬다.

나 역시 몽골과 시베리아 땅에 다다를 때까지 들뜬 마음으로 새로운 풍물을 만나는 설레임에 가득 찼었다. 또 은근히 이국의 냄새를 폴폴 풍기는 향신료 듬뿍 섞인 양고기와 식탁을 가득 채운 느끼하고 푸짐한 상차림을 기대했다. 그리고 여태껏 그래왔듯이 내 지친 몸을 편히 쉬게 해줄 별 4, 5개짜리 객실의 안락함을 꿈꾸었다.

밤 11시, 몽골 울란바토르 부얀우하 국제공항에 내려 버스를 재촉해 일등급 호텔이라는 바이안골(Bayangol) 호텔에 첫발을 내디디기 전까지 그랬다. 그러나 곧 서울에서부터 우리 회원들을 챙겨주러 같이 온 여행사 직원과 호텔 객실 담당자와의 술렁거림이 길어지는 속에 이번 여행이 결코 녹록치 않으리라는 예감이 불쑥 들었다.

이번 여행 내내 드는 느낌이지만 몽골의 아침식사는 참으로 소박하다.

또 특이한 일은 느슨느슨 걷는 평상복 차림의 젊은 여자가 쟁반도 없이 맨손으로 딱 한 가지씩의 음식이 담긴 접시를 혼자 들고 오는 것이다. 게다가 음식의 양糧도 꼭 사람 숫자만큼씩 주는데 더 먹고 싶어도 다른 사람 눈치가 보일 정도이다.

주 메뉴는 거칠거칠하고 거무스레한 도정 안 된 곡식으로 만든 식빵인데 빵에 발라먹을 서너 가지의 앙증맞은 치즈가 껄끄러운 빵과 기막힌 조화를 이룬다.

또 우리나라 요플레보다 조금 큰 천연 요플레(외국여행을 할 때는 현지의 요플레를 많이 먹어두면 배탈이 안 난다는 말이 있다)를 주는데 맛이 기가 막히다. 그리고 큰 유리병에 담긴 직접 짠 시큼달콤한 오렌지쥬스와 여러 가지 과일이 섞인 쥬스와 양젖, 또 우리나라의 핫도그햄처럼 생겼는데 직접 만들어서 혀끝에 감도는 맛이 착착 엉겨 붙는 환상적인 맛의 햄소세지와 계란후라이, 과일 몇 조각이 전부다.

너무나 간소하고 수도사같이 금욕적인 그야말로 참살이(웰빙) 식단이지만 하루 종일 빡빡한 일정을 소화해 내기에는 2%

가 부족한 느낌의 아침식사였다.

여행은 같은 색깔, 같은 생각으로 떠나면 아주 즐겁다.

더구나 역사탐방이라는 주제를 향해 떠날 때는 더욱 그렇다. '역사탐방' 이란 무엇인가? 조각보를 깁듯 한 조각 한 조각 몸으로 부딪치며 손으로 만져가면서 배워가며 '역사' 라는 큰 이불을 만들어 가는 과정이다. 그러기에 탐방이 끝날 쯤이면 서로에게 정이 흠뻑 들어서 헤어지기를 아쉬워하며 다음번 탐방을 기약한다.

역사여행은 겉껍질 안 벗긴 현미밥이다. 행여나 역사여행에서 달콤한 무엇인가를 기대했다면 얼른 접고 마음을 재정비하는 것이 현명하다.

그래야 나도 모르게 역사가 슬그머니 다가와 기웃거리는 것을 은연중에 느끼게 되며 또 그로 인해 여행 내내 기운이 넘쳐나게 된다. 여행은 발로 걷는 것이 아니라 진정한 마음으로 걷는 것이다.

여행은 같은 시선으로 바라보는 사람들과 함께 해야 행복하다.

—이틀과 사흘 사이 백야의 게르에서

"가슴 뛰는 삶을 살아라. 자신이 원하는 방향으로 삶을 이끌어 나갈 힘은 누구에게나 있다."

—아랍인 명상가 다릴 앙카

막막한 초평선에서 게르촌을 보았을 때 마구 가슴이 뛰었다.

누우런 빛깔의 칭기즈칸 후예들의 천막호텔 게르……. 소박한 나무 침대 4개가 벽을 의지하고 빙 둘러 있으며 투박한 못 자국이 그대로인 자그마한 탁자와 몽골식 꽃문양이 돋보이는 붉은 빛 도는 키 작은 서랍장, 뜨거운 물을 담아놓은 우리나라 목장에서나 볼 수 있는 커다란 하얀 빛 알루미늄 보온병, 그리고 한가운데 자리한 시커먼 장작난로와 천장을 뚫고 나간 굵은 연통, 그 틈 사이로 쏟아져 들어오는 별무리들…….

실제 13세기 칭기즈칸의 게르는 150여 마리의 눈 표범으로 만들어졌으며 안에는 양털로 요를 만들어 바닥에 깔았다. 북쪽은 집주인 자리이고 남자 손님은 왼쪽, 여자 손님은 오른쪽에 앉는다. 그리고 잠은 오른쪽에서 자고 부엌도 오른쪽이다. 아마도 따뜻한 불기운을 이용한 배치인 것 같다.

몽골의 밤은 으스스 추웠다. 우리나라의 늦가을을 닮은 날씨이다. 하루를 접고 침대에 앉으니 젊은 처녀가 손에 한 아름 장작을 안고 들어오더니 방그레 웃는다. 그리고는 장작을 엇갈리게 포개 놓은 다음 손바닥만한 종이로 불쏘시개를 만들더니 금세 불을 피운다.

옆에서 지켜보던 한국말 잘하는 안내인이 새벽 3시경에 다시 와서 장작을 넣어 줄 거니까 문을 잠그지 말고 푹 자란다. 기분 좋게 타닥타닥 타들어가는 소리를 들으며 곤한 몸을 침대에 맡겼다.

발이 차가워서 눈을 떴다. 후두둑 빗소리가 들린다. 일어나

보니 침대 끝자락이 빗물에 흥건하다. 연통 틈 사이로 빗줄기가 뛰어 들어와 맞은편에 있는 내 침대로 쳐들어 온 것이다. 무척 춥다. 시계를 보니 약속한 3시가 저만치 달려가고 있었다.

난로가 싸늘하다. 불이 꺼졌다. 처녀를 불러 볼까 밖을 내다보니 저 멀리 화장실의 전등불만 외로이 반짝이고 있을 뿐 온 세상이 칠흑 같은 어둠이다. 도무지 엄두가 안 나서 불을 피워 보려 난로 뚜껑을 열고 두리번거리며 성냥을 찾으니 대신 구석에 쌓여 있는 장작더미만 나를 바라볼 뿐이다.

가방을 뒤져 겹겹이 옷을 껴입고 담요를 목까지 덮고 구부리고 누워 가느다란 빗줄기와 눈을 맞췄다. 참으로 오랜만에 자연에게 귀를 기울여 본다. 불현듯 글이 쓰고 싶어졌다.

몽골여행의 백미는 게르체험이다. 나는 게르에서 이틀 밤 동안 행복했고 불편했다. 그리고 그동안 까맣게 잊고 살았던 자연의 친구들이 내 곁에서 펄떡펄떡 살아 숨쉬며 말을 건넬 때 말도 못하는 감동으로 다가왔다.

날이 어둑시근할 때는 게르촌 안에서도 길을 잃기 쉽다. 오십여 동의 게르를 온통 우리 한국인들이 빌렸다는데 모양도 똑같은 고만고만한 게르를 도저히 분간해 낼 재주가 없다. 우리 회원들의 게르를 찾느라 이리 헤매고 저리 헤매다가 드디어 내가 묵을 게르까지 잊어 버렸을 때 유명한 길치인 나는 그만 웃음이 터져 나와 버렸다.

공동 샤워실에서 머리를 감을 때 뜨거운 물 대신 얼음 같은 차가운 물이 내 머리로 쏟아졌다. 저릿저릿 머리는 물 폭탄을 맞은 듯 찌르르하고 나는 서둘러 대충 물만 적시고 밖으로 나왔다.

그런데 이게 웬일인가! 분명 시계는 늦은 열시를 달려가고 있는데 아직도 날은 희끄무레 했다. 이게 영화에서만 보았던 '백야'란 말인가. 감동에 젖어 꼼짝도 못하고 있는데 '선생님'하고 민지와 지은이가 놀자고 달려온다.

때마침 이틀 동안 몽골을 뒤덮었다는 작은 바퀴벌레를 닮은 까만 벌레떼를 내 방 게르 안에서 보았을 때 나는 너무 놀라 뒤로 넘어가는 줄 알았다. 탁자 위며 침대 위를 온통 새까맣게 점령한 그들을 쓸어 담으며 몽골이란 나라야말로 사람과 자연과 생물들이 같이 엉크러져 살아가는구나 하는 생각에 촉촉해졌다.

한밤중에 너무나 춥고 떨려서 잠이 깼다가 화장실에 가고 싶어 게르문을 밀치고 나오니 기다렸다는 듯 새까만 어둠이 나를 에워쌌다. 칠흑 속에 두리번거리니 저 멀리에서 노오란 전등빛이 외롭게 반짝이고 있었다.

곤히 잠든 누구도 깨울 수 없어 마음을 졸이며 걸어갈 때 절대적인 고독과 무서움이 다가왔다. 간신히 반 쯤 걸었을까 문득 하늘을 보니 별들이 우수수 나에게로 쏟아져 들어온다. 별들의 응원 속에 무사히 화장실에 도착해서 문고리를 잡고 발발 떨었다. 그 순간에 왜 하필 공포영화가 생각났을까. 너무 문명에 길들여진 탓이라고 나 자신을 나무랐다.

새벽녘 이슬이 잔뜩 내려앉은 풀잎을 밟고 세수하러 저만치 떨어진 샤워장을 향해 갈 때 밤새 잠도 안 잤는지 풀잎사귀들이 물기 젖은 손으로 내 종아리를 건드리며 한꺼번에 아는 체를 해왔다. 얼마나 많이 나에게 인사를 했는지 내 게르로 왔을 때는 신발이고 다리고 흠뻑 젖어 질척였다.

거무튀튀한 메뚜기떼가 초평선 위를 펄쩍펄쩍 뛰어다니는 놀라움 속에 갇혀 버린 찰나가 있었다. 징그럽게 다 큰 녀석들과 그보다 어린 녀석들이 웃자란 풀잎더미 속에 웅크리고 있다가 사람 발자국 소리에 놀라 떼거지로 공중뛰기를 한다.

불현듯 펄벅의 소설 〈대지大地〉 속의 메뚜기떼가 생각났다. 그리고 메뚜기떼에 공격 당해 초토화가 되었던 장면과 함께 내 눈 앞에서 뿌옇게 펼쳐지는 자연이 낳은 극성스러움을 보며 분명 펄벅 여사도 대륙 어딘가에서 메뚜기떼 속에 갇혀 버렸던 경이로운 경험을 했을 거란 생각이 들었다.

'한국 사람들이 쏟아져 들어오고 있다.'

시베리아를 거쳐 마지막 일정으로 두 번째의 게르 체험 장소인 바얀고비의 정문을 들어서면서의 느낌이었다. 8월의 두 번째 날, 이곳 오십여 동의 게르는 온통 우리 한국인이 독차지해 버렸는데 우리 회원들과 또 다른 몇몇 관광사에서 온 사람들이라고 했다. 식당을 가도, 세수하러 가도 여기저기에서 한국말이 들려 낯선 외국이라는 신비감이 사라져 버렸다. 온종일 낯익음의 북적거림 속에 우리 회원 누군가가 여기다가 떡볶이 장사를 차리면 참 잘되겠다는 이야기를 해서 모두들 하하거리고 웃었다. 그 순간 불현듯 간절하게 얼큰한 것이 먹고 싶어졌다.

몽골에서의 백미는 '나담축제' 구경하기이다.

'나담축제'는 몽골민족의 명절행사 놀이이자 국가적인 축제인데 해마다 7월 초에 나라 전체에서 열린다. 아쉽게도 우리는 축제가 끝났을 때 도착했는데 우리 회원들을 위해 작은 나담축제를 열어준다고 해서 너무나 반가웠다.

몽골의 날씨는 참 이상하다. 심심하면 잊어버렸다는 듯이 비님이 얼굴을 내미는데 한 반시간쯤 지나면 싱겁게 그친다. 이 날도 저녁 어스름에 모두들 천막에 모여 기다리는데 잿빛 하늘을 헤치고 살살 비가 오기 시작한다. 하릴없이 비가 그치기를 기다리는데 초원의 찬 기운이 스멀스멀 올라온다.

이윽고 뜸해지는 빗줄기와 함께 전통 옷을 입은 유목민들이 (어른과 아이) 하나둘씩 가운데로 모이더니 '이얍' 소리와 함께 아이들의 말 타기 시합이 벌어졌다. 여섯, 일곱 살부터 열댓 살 가량의 아이들이 말을 타고 서로 경주를 하는데 한 손으로만 말고삐를 잡고 궁둥이도 말허리에 붙이지 않은 채 달려가는 모습이 마치 바람의 아이들 같다. 역시 칭기즈칸의 후예들이다.

또 곧이어 젊은 유목인들의 '브흐'라고 불리는 씨름이 벌어졌는데 뾰족 모자를 쓴 나이 지긋한 촌장의 심판 아래 선수들이 서로의 띠를 잡고 힘겨루기를 벌였다. 그때 이긴 사람이 두 팔을 벌리고 한 바퀴 도는 춤사위가 아주 매력적이다. 드넓은 초원에서 야성의 힘과 어우러져 독수리가 날개를 펴고 비상하는 것 같은 인상 깊은 춤이었다.

곧바로 활쏘기 시합도 열렸는데 흐릿한 어둠이 내려와 앉기 시작한 과녁을 뚫고 꽂히는 활쏘기 재주가 신기하다. 이때 나는 친교의 표시로 서울에서 가져온 색색깔의 야광 팔찌를 꺼내 내밀었더니 구경하던 유목민들이 어른, 아이 할 것 없이 하나씩 받으려고 손을 내민다. 곁에서 무중이와 경빈이도 사탕봉지를 들고 웃으며 달려온다. 그들과 가까이에서 서로 손짓 몸짓으로 이야기를 나누니 얼굴이 비슷한 민족들끼리 정겨움이 각별해졌다.

일주일간의 여정을 접고 집에 오니 내 몸에서 몽골냄새가 폴폴 난다고 식구들이 놀린다. 어떤 향신료 같은 그 냄새는 한동안 나를 따라다녔다.

시베리아 횡단열차를 타고

***** 한 편의 글이 내 안에서 잠자고 있는 시베리아 횡단열차를 깨웠다. 〈시베리아 바이칼을 찾아서〉를 막 읽으면서였다. 횡단열차는 순식간에 일년 전 여름으로 나를 싣고 달려간다.

기억 저 편, 새벽 3시의 호텔 복도가 보인다. 늦어도 3시 반까지는 1층 로비로 집합해야 열차를 탈 수 있다고 해서 방마다 청소년 회원들을 깨우러 다녔다.

어젯밤부터 열이 나고 배탈이 나서 내 방에서 간호를 받고 간신히 자고 있는 중학교 2학년 짜리 태영이를 흔들어 깨우는 것으로부터 시작해서, 새벽 1시가 넘도록 자기들끼리 왕성한 만남을 하느라 깊은 잠에 빠져 꿈적도 안 하는 아이들을 깨웠다. 아이들을 점검하여 내려 보내고 빠트린 것 없나 방마다 확인을 했다.

어둠에 잠긴 이루크추크역은 고요했다. 역 안으로 들어가는 우리 회원들의 짐 가방 끄는 소리가 발소리와 엉켜 새벽공기를 흔들어 깨운다. 개찰구를 나와 우리가 탈 열차로 가는 길은 까마득한 계단의 연속이었다. 보통의 나그네가 그러하듯 짐 가방을 양손으로 들고 끙끙대며 올라갔다. 독립정신은 이렇게 키워지는 게 아닐까.

누구도 도와줄 수 없는 상황에서 자기 짐을 두 손으로 움켜잡으며 용케도 올라가는 어린이회원들이 대견스럽다. 그래서 부모의 도움 없이 혼자 해외여행을 떠나 본 어린이들이 마음이 훌쩍 자라서 오는 걸 거다.

정각 6시였다. 우리가 탈 횡단열차 앞에는 금빛이 두 줄 그어진 모자를 쓰고 정장 투피스 차림의 여자 승무원이 프랑스 바게트 빵처럼 딱딱한 얼굴로 서 있다.

표를 보이고 우리 칸 객실로 들어갔다. 침대가 위 아래 양쪽으로 있는 4인용실이다. 여승무원이 깨끗한 침대보를 각 객실마다 나누어 준다. 먼지가 풀풀 나는 낡은 담요 위에다 가지런히 까니 아주 훌륭한 침대가 되었다.

이 침대에서 오마샤리프 주연의 그 유명한 〈닥터 지바고〉가 탔던 시베리아 횡단열차의 여행을 시작하는 것이다. 침대에 앉으며 새로운 경험이 안겨다 줄 즐거움에 마음이 부풀어 왔다.

마침, 나의 객실이 승무원실 바로 옆이어서 그녀들이 하는 일을 자세히 관찰해 보게 되었다. 그녀들은 사회주의 국가답게 권위적이면서도 허드렛일까지 도맡아 한다. 2인 1조로 객실 한 량을 책임지는데, 열차가 멈출 때와 국경에서 여권과 입국비자 검사를 할 때는 엄격한 공무원의 얼굴을, 복도 청소와 화장실

청소, 그리고 승객들이 마실 뜨거운 물을 끓일 때는 여지없는 관리인의 얼굴을 보인다. 점심 때 김밥을 건네주며 웃어 보였는데 돌아오는 건 얼음공주의 웃음이었다.

시베리아 횡단열차에서 가장 탁월한 시설은 언제나 따뜻한 물이 나오는 화덕이다.

승무원실 바로 앞에 있는 이 화덕은 철판으로 만들었는데 자그마한 것이 둥그런 연통 난로같이 생겼다. 윗 뚜껑을 열고 물을 부은 다음 연통 밑의 뚜껑을 열고 잘게 쪼갠 장작을 넣고 불을 피운다. 그러면 금방 물이 절절 끓기 시작하는데 이때 승객들이 각자의 컵에 물을 따라가는 것이다. 우리 회원들은 준비해 간 컵라면과 누룽지 그리고 햇반에 뜨거운 물을 부어 끼니를 해결했다.

객실에는 창문턱에 작은 탁자가 있다. 여기에다 컵라면과 참치통조림, 또는 구수한 누룽지탕에 물에 만 햇반을 차려놓고 후식으로 향긋한 커피 한 잔까지 마시니 뭐 그런대로 한 끼 먹거리로는 훌륭하다.

특히 러시아에서 우리 기업의 도시락 라면이 잘 팔린다는데 열차 안에서 먹어 보니 과연 칼칼한 맛이 바로 우리 한국의 맛이다. 먹으면서 우쭐대는 마음이 절로 생겼다.

달리는 객실 창문으로 밖의 풍경을 보면 모든 사물이 쫓아온다. 구름도, 끝없는 자작나무 숲도, 길게 누운 바이칼호수도 몸을 일으켜 달려온다. 머릿속을 하얗게 비우고 흐르는 시간 속에 나를 맡기고 차창 밖의 그들을 물끄러미 바라보면, 쫓아오던 그들은 본디부터 그 자리에 있는 또 다른 자신들에게 대신 가라 하고는 그 자리에 털썩 누워 버린다.

그들을 마냥 바라보다가 이 열차도 그들처럼 바이칼에 속한 것임을 깨달았다.

도대체 이 열차에 탄 모든 승객들의 나이를 죄다 곱해도 어림도 없는 2천 5백만 살이나 먹은 바이칼 앞에서 그 누가 오만해질 수가 있으리. 내 생애 언제 또 널 볼 수 있을까 생각하며 오래도록 바이칼을 눈 속에 담았다.

철도에도 국경이 있었다. 바로 러시아와 몽골의 국경인데 시베리아 횡단열차 내에서 출입국 심사를 한다. 러시아 국경도시인 나오시키와 몽골 국경도시인 수크바타르에서 꽤 오랜 시간을 정차했다.

그 지루한 시간을 밖에 나와 기지개도 펴보고 이쪽 끝에서 저쪽 끝까지 걸어 보며 착 가라앉아 쓸쓸한 타국의 역전 풍경을 가슴에 담았다.

아직도 축축한 숲이 느껴진다. 나오시키역 뒤편 공터에 곧게 뻗은 나무들의 거끌거끌한 감촉이 만져지는 듯하다. 흐릿한 날씨와 함께 어둑한 숲은 비밀스럽게 내 곁으로 다가왔다. 그때 문득 솔제니친의 〈이반데니소비니치의 하루〉가 생각나기도 했고, 저 숲 그늘진 곳에서 도망치는 유형자의 잿빛 옷이 떠오르기도 했다.

황량하고 무거운 분위기의 역 풍경 때문이리라. 철길을 향해 걸어 나오면서 길옆에 있는 우중충한 여자 화장실에 들어갔다.

으악, 핵폭탄 같은 냄새, 흐릿한 불빛 사이로 보이는 구석진 곳
에 널판때기 두 쪽, 사방에 흩어져 나온 오물……, 바로 유형자
시대의 유물이다.

시베리아 횡단열차와 나란히 사진을 찍었다. 그리고 남 몰래
이별의 말을 건넸다.

횡단열차는 밤을 새우고 달려 다음날 아침에 몽골의 수도 울
란바토르에 우리를 내려주었다. 꼬박 하루를 함께 한 여정이었
다.

5부
낯선 길에 마음을 주다

슬픈 캄보디아/ 앙코르와트 무화과나무에 갇히다/ 군주의 나라 태국/ 왕궁은 크리스탈로 빛나고

슬픈 캄보디아

***** 마음 속 첩첩 골짜기에 켜켜이 쌓인 바람을 이제는 보내 주어야 하는데 뭉그적거리고 마음 끈을 쥐어잡은 지도 어느덧 한 달이 지났다. 그만 풀어놓자. 마음의 실타래가 저절로 굴러가도록 끈을 놓아주자. 시간의 등에 떠밀리어 이제는 추억이라 불리는 흔적을 데리고 진한 헤즐넛 커피 향 앞에 앉았다.

타국에서 듣는 우리 모국어가 이리도 슬픈 떨림을 주는지 처음 알았다. 캄보디아 앙코르와트 사원 입구에서였다. 버스에서 내릴 때 눈 맑은 소녀가 팔찌로 가득한 소쿠리를 들고 말을 건넨다.

"1달러 3개, 사모님 예뻐요."

생존을 위해서 배웠을 우리 말의 억양이 애처롭다. '1달러'는 살포시 떨리면서 올라가고 '3개'는 애처로이 내려간다. 여기에 '사모님 예뻐요'는 밋밋한 어조로 한 번에 굴러 나오는데 이 단어는 순전히 장사 서비스용임을 나는 안다.

그러나 무엇보다 내 마음을 울리는 것은 '1달러 3개' 하는 가냘픈 목소리의 주인공이다. 분명 우리 나이로 겨우 네다섯 살은 됐을 거다. 강한 햇살에 바래서 엉클어진 머리하며, 꼬지지한 치마에 거머번지르한 조그마한 얼굴, 거기에 보석같이 반짝이는 눈동자가 나를 빨아들였다.

도저히 지나칠 수가 없었다. 바구니에 담긴 팔찌는 빨강, 초록, 황토, 주황의 연한 색깔을 네모와 두 줄에 끼인 동그란 문양의 조그마한 조각에 입혔는데 제법 그럴싸해 보인다. 애원하는 소녀의 눈빛에 끌려 팔찌를 뒤적인다. 아니 캄보디아의 문화를 뒤적인다는 표현이 맞을 거다. 팔찌를 통해 캄보디아를 만지며 구멍구멍 꿰었을 캄보디아의 노동을 만졌다.

들여다보고 있는 내 주위로 여럿의 소년 소녀들이 바구니를 들고 몰려온다. 그러더니 금세 슬픈 얼굴들의 경쟁이 펼쳐지며 6개, 8개 하더니 1달러에 13개까지 올라간다. 그것 뿐만이 아니다. 여기에 덤으로 같이 들여다보고 있던 어느덧 대학생이 된 제자에게까지 "아저씨 뚱뚱해요"가 날아와서 모처럼만에 마주 보고 유쾌하게 웃었다. 마른 체형의 캄보디아인에게는 뚱뚱하다는 것이 최고의 찬사라지만 누가 가르쳐 주었는지 웰빙 열풍에 빠져 있는 한국의 실정을 잘못 짚어도 한참 잘못 짚었다.

나는 의리를 지켜 눈 맑은 소녀에게 돈을 쥐어주며 팔찌 세 개를 겹쳐 차고 생긋 웃어 주었다.

미래의 꿈을 향해 달려가는 잘 생긴 우리나라 아이들이 떠오른다. 국가간에 존재하는 이 무시무시한 부익부 빈익빈 현상이여. 천년의 고도古都 앙코르왕국의 마르지 않는 천혜의 관광자원만 가지고도 얼마든지 부의 영광을 누릴 수 있는 조건인데도 캄보디아 정부는 백성들을 길거리로 내몰아 구걸하게 만든다. 빈곤 탈출의 해답은 관광산업의 메카인 국경을 맞댄 바로 옆나라 태국에게 배우면 되는데 그러지 못하는 캄보디아는 지금 너무나 가난하다.

공포의 본질은 어디에서 존재하는 것인가. 감히 단언하건데 그것은 바로 시대가 낳은 기형아 '광폭한 지도자'의 출현이다. 캄보디아는 운 나쁘게 1975년 4월부터 1978년 12월까지 3년 7개월간을 폴포트라는 미치광이 지도자를 만나 지독한 지옥에서 보낸다. 글줄이나 아는 지식인이란 모든 지식인, 안경을 썼다고, 노동을 하지 않은 손을 가졌다고, 캄보디아 인구의 1/3인 200만 명을 학살한다. 천하의 극악무도한 만행을 저지른 폴포트 정권이 내세운 이념은 '노동자와 농민을 위한 혁명 정권'이었다.

그런데 과연 그런가! 지식인들의 씨를 말려 버린 대가는 너무나 크다.

풍부한 자원과 신비하다 못해 몽환적인 아름다움을 뿜어내는 천년고도의 문화유산을 갖고서도 관광객들에게 구걸하는 거리로 내몰린 국민들뿐이다.

시엠립 웨스트 매본 사원에 안치한 킬링필드(killingfields)를 보는 것조차 나는 힘들었다. 유리장에 안치된 포개진 두개골들의 허공에는 영혼들이 찰나의 공포로 출렁이고, 유리장 밖은 원혼들이 나올까 봐 자물쇠로 잠겼다. 죽은 자들을 달래려고 선택된 승려의 두개골을 같이 넣고 참배한다는데 캄보디아는 얼마나 기억하고자 흙으로 보내주지 않는 걸까.

　사실 킬링필드를 처음에 만든 것은 베트남이다. 베트남은 1979년 1월에 프놈펜을 침공해 함락시킨다. 그리고 국제적인 비난을 피하면서 세계의 이목을 끌고자 킬링필드를 캄보디아 주요 도시 전역에 만든다. 세계는 1980년에 이르러서 극악무도한 캄보디아의 킬링필드를 알게 되면서 경악을 금치 못한다. 바로 이 중에 하나, 시엠립의 킬링필드 앞에 나는 서 있는 거다. 뜨거운 햇살에 송글땀을 흘리며, 아주 망연히. 아주 처연하게.

앙코르와트 무화과나무에 갇히다

      ***** 국가를 대표하는 상징이 유적이라면 그 나라는 엄청나게 축복 받은 나라이다. 조상이 이룩해 놓은 문명이 세계인의 마음을 훔쳤으니 얼마나 큰 신의 은총이랴.

    앙코르와트를 가졌다는 것만으로도 캄보디아 왕국(Kingdom of Cambodia)은 행복하다.

    지금은 비록 헐벗은 국민들이 관광객을 쫓아 다니며 달러를 구걸한다 하여도 앙코르와트가 존재하기에 캄보디아는 희망이 있다. 캄보디아여! 결단코 다시 일어서리라.

    앙코르와트와 만난 지 여름 가을 겨울, 그리고 겨우 봄 밖에 안 지났는데도 나는 여전히 그리움의 덫에 걸려 있다.

    하루에도 몇 번씩이나 나는 앙코르와트를 꿈꾸며 마음의 가방을 꾸린다. 앙코르와트가 내 생生에게 허락한 인연의 끈은 몇 번이나 될려나. 만약 지금 당장이라도 인연이 나의 옷깃을 잡아끈다면 망설이지 않고 떠나리라.

그래서 하루 온 나절의 생생한 날것 그대로, 아니 내친김에 아예 한 달을 뚝 떼내어 원시의 앙코르와트 속에서 탐색하고 서성이다가 아직도 제 짝을 찾지 못해 사원에 속하지 못한 돌덩이에 앉아서 석양 속으로 잠겨드는 앙코르와트의 찰나를 보고 싶다. 정말 그러고 싶다.

앙코르와트로 들어가는 신의 길목은 빛살이 춤을 추는 숲길이었다.

얼마큼 지나왔을까. 하늘과 키재기하는 나무들이 내미는 잎사귀를 건들며 은은한 선율이 날아온다. 가까이 가니 발목지뢰로 다리가 잘려 나간 장애악사들이 넙적바위에 앉아 민속 악기를 연주한다.

속닥거리며 올라가는 우리 회원들의 말소리를 어느 틈에 들었는지 '안녕하세요. 반갑습니다' 라고 한국어로 인사하면서 우리의 아리랑을 타기 시작한다. 언제 들어도 애잔한 아리랑은 숲을 타고 신의 계곡을 깨우며 마음을 아릿하게 만든다. '나를 버리고 가시는 님은 십리도 못가서 발 병 난다' 라는 선율에 이르러서는 새삼스레 아직도 우리가 걸어야 할 고난의 여행길을 생각하면서 나는 지갑을 열었다.

무언가 줄 수 있다는 것이 얼마나 감사한 일인지. 2달러에 환하게 웃는 악사들의 주름밭 가득한 얼굴에서 잃어버린 우리네 순박한 얼굴이 읽혀지니 그것 또한 반갑다.

무성한 나뭇가지 사이로 중간키의 붉은 털 원숭이가 갑자기 뛰쳐나와 기웃거린다. '까' 소리를 지르며 귀엽다고 방방 뛰는 학생들을 원숭이는 눈을 동그랗게 뜨고 구경한다. 서로의 신분을 확인하는 작업이다.

자칫하면 영역싸움이라도 벌어질까 봐 연방 곁눈질하는 학생들을 가운데로 보내고 다시 올라간다.

이제 조금만 더 가면 영화 〈툼레이더〉에서 명연기를 펼쳤던 아랫입술이 야성적인 여배우 안젤리나 졸리가 연기했던 신의 사원 앙코르와트를 만나게 된다.

그렇게 보아서 그런지 안젤리나 졸리의 입술에서 잘 생긴 크메르인의 두툼한 입술이 느껴진다.

크메르족은 오늘날 캄보디아 인구의 90%를 차지하는데 위대한 앙코르톰을 건설한 민족이다. 앙코르톰 석상에 새겨진 거인 얼굴인 사면상의 듬직하게 웃는 인물상은 바로 크메르인의 표준 얼굴이다.

영화를 보는 내내 나는 배우들보다 무화과나무에 갇힌 앙코르와트와 무시무시한 거대한 뿌리가 주는 강렬한 아우라에 푹 빠졌다.

그래서 몇 번이나 되감기로 보았는데 드디어 이제 나도 '본다' 라는 생각에 발걸음이 급해졌다.

앙코르와트! 정말 따쁘롬이다. 후대의 크메르인들이 사원과 한 몸이 된 거대한 무화과나무를 보고 '나무의 조상' 이라고 따쁘롬이라며 숭배했는데 과연 그 마음을 알 것 같다. 사원을 옴짝달싹 못하게 꽉 부둥켜안고 어린아이 몸통만한 뿌리로 얽히고 설킨 무화과나무를 보니 자연이 조각한 앙코르와트 예술의 절대미絶對美가 나의 가슴을 후려친다.

저절로 나오는 나의 감탄은 하찮은 울림이 되어 공기알갱이로 스러지고 시간조차 멈췄다.

여기 이 불가사의한 자연의 건축물을 감상하는 방법은 마음 비우기이다. 다 비어서 텅 빈 마음에 문명을 누르는 절대적인 힘이 있으나 결코 나타내지 않는 따쁘롬의 시간을 다스리는 지혜를 채워 놓고 가만히 바라보기를 해야 한다. 기껏해야 한 세기의 세월만 허락받은 인간이, 겁劫을 다스리는 자연을 훼손하면서 감히 이룩해 놓았다고 자만했던 인간의 허상을 겸허하게 되돌아보기에 기막힌 공간이다.

자연은 수천, 수만 명의 크메르인들이 30년 세월을 오롯이 바쳐 이룩해 놓은 크메르 예술의 걸작품인 사원을 밀어 젖혔다. 그리하여 고대 크메르제국의 지배자와 백성들은 흙으로 돌아갔으나 자연은 생존하여 밀림을 만들었다.

자연의 느린 반격이다. 밀림과 손을 잡은 무화과나무는 아예 세월과 친구가 되어 함께 히히덕거리며 뿌리촉수를 돌 틈 사이로 밀어 놓고 틈을 엿보다가 괜찮으면 기어코 돌을 들어서 그 빈틈에 뿌리를 디밀어 생명력을 키운다.

그렇게 또 그렇게 다른 돌들을 괴롭히다가 결국에는 거대한 뿌리가 사원 지붕 위에 올라앉은 자연과 문명의 합작품인 앙코르와트의 신비를 탄생시켰다.

그래서 우람한 뿌리가 '너희 인간들아. 나 좀 봐라' 하고 뻣뻣이 서서 불가사의한 기氣를 사방에 뻗히고 있다.

그러기에 뿌리를 만지면 영원 속에 갇혀 멈춰 버린 시간의 떨림이 느껴진다.

뿌리가 갈라지며 만들어 놓은 문 안으로 들어가며 나는 경탄을 보낸다.

사원 바닥에는 아직도 복원을 못해 파란 이끼를 몸에 두른 돌덩이들이 어지럽게 놓여 있다. 각각의 돌덩이는 흰 페인트로 'G-652-E0-5' 같은 번호표를 붙이고 복원 차례를 기다린다.

허물어져 하늘이 보이는 사원 지붕과 세월의 손길에 떨어져 나간 벽들은 그 자체만으로도 아름답다. 바로 자연의 본능과 인간의 문명이 부딪힌 앙코르와트이기에 그 존재만으로도 엄청나다.

앙코르왕조의 자야바르만 7세는 참으로 위대한 왕이다. 그 시대에 바로 자야바르만 7세가 왕으로 군림했기에 오늘날 캄보디아는 위대한 문화유산인 '앙코르와트의 영광' 이라는 관광상품 하나로 국가경제를 유지하고 있다.

전제 군주 자야바르만 7세는 신들이 사는 위대한 도시(앙코르톰)를 만들려고 백성들에게 강압적인 명령을 내린다. 그래서 앙코르톰의 대역사가 시작된다.

크메르인들은 무려 40km나 떨어진 곳에서 홍토석(라테라이트)과 사암덩이를 네모나게 잘라 톤레삽호수가 범람할 때 이곳 시엠립 북동쪽 수도인 앙코르와트까지 운반해야 하는 힘겨운 노동을 한다.

무려 30년에 걸쳐 만들어진 그 고난의 역사는 절대 군주의 명령도 있지만 신에게 다가가고자 하는 크메르족의 순결한 숭배사상이 있기에 이 웅대한 역사를 가능하게 했다. 크메르인들은 여기 내가 서 있는 앙코르와트에서 돌덩이를 짜 맞추고 다듬고 조각해서 신에게 바치는 신성한 건축물을 지었다.

이런 염원으로 신의 나라 고대 크메르제국 앙코르왕조는 13세기 말까지 번성하고 또 번창한다. 그러다가 1432년 불행히도 태국의 아유타야왕국에게 멸망하고 만다.

그리고 21세기의 나는 비행기를 타고 앙코르와트를 만나 여태껏 사모의 정을 끓이고 있다.

군주의 나라 태국

***** 수완나품 방콕 국제공항에 내리니 훤한 빛이 넘실거리는 대낮이었다.

시계를 보니 분명 바늘은 오후 4시 50분에서 다리쉼을 하고 있어 어리둥절 쳐다보니 가이드 선생이 빙그레 웃더니 2시간을 앞당겨 맞추란다.

갑자기 시간부자가 된 것같아 즐거워졌다. 유리창 밖 거리는 아스팔트가 촉촉하다. 빼먹고 온 우산 걱정에 활기찬 가이드는 잠시 지나가는 스콜이라 곧 그친다며 걱정을 붙들어 매어 놓으라고 너스레를 떤다.

방콕에서 처음으로 '태국'과 맞닥뜨린 것은 푸미폰 아둔야뎃 국왕의 대형 사진이었다.

그 이후 여행 내내, 야자수 가로수 물결 사이로 일정한 간격을 두고 걸려 있는 푸미폰 국왕의 사진과 걸개그림을 수도 없이 만났는데 정말 너무나 기묘하고 이상해서 꼭 이상한 나라의 엘리스가 된 기분이었다.

뭐라 할까. 마치 신격화된 북한의 김일성주의와 맞먹는 엄청난 숭배주의에 멍한 기분이 들 정도였다.

그러나 이내 태국인들의 자부심 넘치는 표정과 몸짓에서 국왕숭배는 그들 속에서 녹아나는 하나의 문화라는 것을 알게 되었다.

서민적이고 검소한 푸미폰 국왕은 태국 국민들에게 신에 버금가는 절대적인 군주이다.

그들은 진심에서 우러나는 마음으로 충성과 복종을 바친다. 그래서 집집마다 국왕의 초상화를 걸어놓고 아침을 맞이할 때마다 두 손을 모아 고개를 숙인다.

국왕은 나라의 '중심'을 잡아주는 절대적인 역할을 한다. 물론 수상이 국회를 통한 입법권과 내각을 통한 행정권, 그리고 사법부를 통한 사법권으로 다스리지만 결국 나라의 균형자는 국왕이다.

우리가 해외뉴스에서 보는 태국 군부의 쿠데타 소식도 사실은 굉장히 부풀려진 뉴스라고 한다. 심지어 일부 국민들조차도 쿠데타가 언제 일어났는지도 모르게 싱겁게 끝나는데 만약에 성공했다고 하더라도 반드시 허락 받아야 할 절차는 '국왕의 인정'이다.

탱크 몇 대로 쿠데타를 일으킨 세력들은 푸미폰 국왕에게 엎드려 머리를 조아리며 허락을 구해야 한다. 국왕이 인정해야 국민들에게 전폭적인 지지를 받기 때문이다.

세계적으로 방콕의 교통사정은 '걸어서 20분, 타고 2시간'일 정도로 악명이 높다.

마침 나는 저녁나절 러시아워 시간대에 서울의 이태원격인 스쿠빗 거리에서 오도 가도 못하고 꼼짝없이 당했는데 그 덕분에 재미있는 방콕의 교통지옥을 제대로 신나게 경험했다.

스쿠빗 거리는 언제나 만성 교통체증 중이라 차선은 모두가 3차선에서 5차선으로 되어 있는데 신기하게도 모두 한 방향으로만 달리게 되어 있다.

여기에 툭툭과(오토바이와 자동차를 섞어놓은 택시) 썽태우(트럭을 개조해서 짐 싣는 곳에 긴 의자를 연결하고 지붕을 얹은 트럭버스)가 오토바이, 택시, 버스와 뒤엉켜 무진장한 교통체증을 일으킨다. 앙증맞게 세 바퀴 달린 툭툭은 나그네의 향수를 자극한다.

어찌나 타고 싶은지 에어컨 빵빵한 버스에서 내려 후텁지근한 열대의 차도로 대책 없이 뛰어 내리고 싶을 정도이다.

일반택시의 현란한 색깔도 여행자의 눈을 즐겁게 한다. 진달래빛 색깔은 어찌나 선명한지 금방이라도 물감이 흘러 내릴 정도였다. 더구나 분홍색은 왕가의 색깔인지라 이처럼 색깔조차도 폼재며 거리를 누빈다.

차창 밖으로 스쳐 지나가는 거리풍경도 이채롭다. 근사하고 웅장한 건물은 모두가 사원이고 일반 건물은 수수하다 못해 남루하다. 거무데데한 짙은 회색빛 건물 벽은 오래된 시멘트 녹이 눈물처럼 흘러나와서 열대의 발랄한 아름다움을 망친다.

태국의 전봇대는 이쑤시개처럼 가늘고 홀쭉해서 재미있다. 우리나라의 둥근 모양과는 달리 네모나고 각진 모양인데 사각형을 싫어하는 뱀이 타고 올라가지 못하게 하기 위한 장치이다. 태국은 아열대 나라답게 무성한 수풀에 뱀 족속이 어울려 살고 있다. 그런데 이것들이 도로까지 어슬렁거린다 하니 왠지 오싹하다. 더구나 머리 위에 스무 줄도 넘게 지저분하게 뒤엉킨 시커먼 전깃줄을 견디고 있는 전봇대가 너무나 애처로워서 한동안 눈길을 거두지 못했다.

일반 집 베란다를 통째로 감싼 가로 세로 촘촘한 그물모양의 창살도 이채롭다. 창문 살이 너무나 색다른 풍경이라 탐색하듯 쳐다보았는데 얼마 안 가서 드디어 수수께끼는 풀어지고야 말았다. 그것은 바로 저녁 노을과 함께 춤을 추며 날아오는 새떼들의 접근을 막기 위함이었다. 아! 여기는 아열대 나라 태국이었다.

그러기에 새들도 가득, 열대 과일도 풍성, 꽃들도 활짝, 모두가 차고 넘친다. 30도라는데 습도도 거의 없어 땀도 나지않아 거리를 걷기에 좋은 날씨이다. 이러니 태국사람들은 느긋해서 뛰는 사람도 별로 없고 심지어는 거리에서 만난 개조차도 뛰지않고 어슬렁거린다. 정말 축복받은 나라이다.

왕궁은 크리스탈로 빛나고

*****왕궁으로 가는 길은 **빽빽**한 차들의 물결이다. 툭툭과 썽태우, 그리고 탐마다 버스(선풍기버스), 매연을 피하느라 코마스크를 쓴 오토바이족들의 파도가 관광왕국 태국의 활력이다.

무질서한 거리에서 막대한 관광 수입으로 벌어들이는 '경제 도약의 힘' 을 느끼니 아이러니하다.

거리에서 서양의 관광객을 흔하게 만나는데 그들은 하나같이 노출이 심한 옷을 입고 하이얀 팔을 너울대며 정지된 화면처럼 한 곳에 붙박이로 앉아 빨대 긴 열대 과일을 먹거나 책을 손에 들고 휴식을 즐긴다.

우리 한국인처럼 타이항공 전 좌석을 꽉 채운 인원이 일주일 남짓한 여정에 따라 틀에 짜인 스케줄을 쫓아서 이리 종종 저리 종종 다니는 여행과는 사뭇 다르다.

긴 휴가를 짊어지고 온 서구西歐인들은 한 곳에서 느긋하다 못해 미동도 없이 즐긴다. 마치 태국의 풍경처럼 하나로 녹아 있어 진정한 자유가 느껴진다.

왕궁이 가까울수록 검은색 옷을 입은 태국 국민들이 넘친다. 이들은 스스로 검은색 옷을 입음으로써 국왕에게 경건과 존중 그리고 공경을 바친다.

버스에서 내리자마자 길거리 가게에서 번개같이 타이 민속 의상인 태국 고유의 문양이 그려진 초록색 긴 치마를 우리 돈 만원을 주고 샀다.

이 치마는 보자기 형태인데 허리에 둘러서 끈으로 질끈 묶기만 하면 되는 간편한 치마이다.

역사탐방 수준으로 바지만 챙겨온 내 의상보따리가 마음에 걸려 낭만적인 열대나라에 어울리는 긴 치마를 입고 하늘거리며 걷고 싶었다.

신호등을 따라 길거리를 건너서 사람들의 파도를 따라 왕궁 입구로 들어섰다.

어마어마한 불교예술의 축소판인 왕궁은 마침 푸미폰국왕의 여동생인 갈야니공주의 백일장 기간이었다. 그러나 태국 당국은 관광객들의 편의를 위해서 장례식장 사원만 제외하고 모든 궁은 관람을 허용했다.

태국 왕궁의 역사는 이렇다.

짜오프라야강 서쪽 새벽사원 근처에 터를 잡은 초기의 톤부리왕조는 미얀마(버마)에게 침략을 당해 멸망위기에 처한다. 이때 라마1세가 물리치면서 그는 짜오프라야 짝끄리왕조를 세운다.

라마1세는 흩어진 민심을 수습하고 철벽 같은 왕권 확립과 아유타야시대의 영광을 되살리고자 아침 해가 가장 먼저 뜨는 곳에 새 왕궁을 건설하자며 왕궁을 옮긴다.

그리고 1782년 드디어, 지금 내가 감탄하며 바라보고 있는 이 왕궁에서 라마 1세의 성대한 대관식을 거행했으며 역사는 흘러 지금의 푸미폰국왕은 라마 8세가 된다.

왕궁 정문에서 우리 일행은 자칭 태국의 '만사마' 라며 싱글웃음이 훤한 태국 가이드를 소개 받았다.

태국은 국가 정책상 모든 관광객 안내는 자국의 가이드를 고용해야 한다.

그래서 총 책임을 맡고 있는 가이드 12년차 한국인 김 선생의 지휘 아래 버스에서 곱게 앉아만 있는 늘씬한 태국 여성 가이드와 이번이 세 번째 왕궁 가이드이다. 한 사람이 능히 할 것을 이렇게 역할 분담하는 것은 태국 정부의 고용 활성화를 위한 일환이다.

왕궁 구경의 백미는 바로 '에메랄드 사원' 이다. 왕궁의 외벽은 모두 에메랄드 빛깔을 띈 초록색 유리 조각으로 이루어진 세공인데 햇살의 꺾어지는 빛을 받으면 영롱하고 신비한 빛이 공기와 만나 보석 궁전을 감싸며 너울거린다.

사원에는 녹색 비취옥으로 만든 높이 66센티미터의 아담한 불상이 '북싸복' 이라는 태국 전통 양식 문양으로 조각한 옥좌에 가부좌를 틀고 존엄하게 앉아 있다.

이 불상은 태국 국민들의 본존불로서 절대적인 숭배를 받고 있는데 1년 세 계절마다(하기, 우기, 건기) 계절에 맞는 승복을 국왕이 손수 갈아입히는 의식을 태국 전역에 TV 생중계로 진행한다.

 태국은 이렇게 왕궁과 국왕, 그리고 불교의 숭배로 움직이는 군주의 나라이다.

6부
길에게 역사를 묻는다

대마도, 그 아득한/ 나도 조선통신사가 되어/ 후쿠오카, 교토, 그리고 윤동주/ 우범선은 히로
시마에 숨고

대마도, 그 아득한

*****여행 뒤끝은 언제나 잔뜩 밀린 숙제를 흘겨보고 있는 기분이다. 써야 한다는 부담감에 젖어 연필을 잡을 때까지 언제나 내 안의 나는 나를 재촉한다.

여행 중에 겪은 이야기 조각들이 내 안에서 발효되는 과정은 언제나 느리다. 가슴으로 받아들인 통섭된 글이 익어서 목까지 차오를 쯤에야 나는 게으름을 떨치고 노트를 편다.

이번 여름에도 그랬다. 대마도 여행 이후 생의 전환기에 빠졌다는 이유로, 감각을 능가하는 정신에게 몰두한다는 이유로, 나는 생글거리며 차고 올라오는 추억 조가리들을 애써 가슴 밑바닥에 밀어 놓곤 하였다. 그리고 글보다 써늘하게 나를 이끄는 몰두에게 한 손을 맡기고 정신을 잃았다. 그런 나를, 어느 날 TV 뉴스에 한 자막이 깨웠다.

'일본 우익 자위대 대마도에서 한국인 관광객에게 폭언 동영상……'

화면에서는 쾌속선에서 내리는 한국인 관광객에게 "너희 나라로 돌아가라. 대마도는 우리 일본 땅이다"라는 피켓을 든 우익의 상징인 빡빡머리를 한 사내들의 고함치는 영상이 흔들리고 있었다.

저런! 불현듯 내 안에서 글이 쏟아져 나왔다. 나는 어두워지는 바다를 바라보며 대마도 숙소에서 쓴, 그리고 한 달 열흘 동안이나 냉장고 문짝에 붙여놓았던 나의 시 '대마도'에게로 달려갔다.

대마도

서로를 그리워 하며
납작 엎드린 대마도는
은회색 바닷내음과 함께 자라지

기척도 없이 사부작거리는 섬마을엔
빨리빨리 민족만이 대마도의 곤한 잠을 깨우는데
쉿! 가만 수면에 가라앉은 저 낯선 살기
군국주의 발톱으로 감춘
저 까만 깃을 보았니

역사의 관점에서 바라보는 나의 여행버릇은 대마도에서도 발동이 걸렸다. 바로 '자위대본부찾기'이다. 부산에서부터 우리와 같이 대마도로 건너와 대마도의 풍물을 알려주기에 열심인 예쁘장한 김명자 가이드에게 부탁을 했더니 이즈하라 북쪽 한적한 길 모퉁이에 있는 가시철망 두른 납작한 흰색 건물을 가리킨다.

대마도해협을 바라보며 둥지를 튼 전략거점 해상자위대 본부는 구릉 속에 낮게 파묻히어 버스 안에서는 겨우 건물 지붕만 보인다. 자위대는 지금도 대마도 해협 정보 수집과 함께 현해탄 건너 우리 한반도 전체와 만주까지도 살펴보는 임무수행 중이다. 자위대 건물 담벼락에 둘러 처진 '타인 접근 금지' 표식의 뾰족한 가시철조망이 마치 매의 감추어진 엉큼한 발톱같다. 그래서 그런지 조용하고 은밀한 건물에서 부활을 꿈꾸는 군국주의 미소가 스멀스멀 피어오르는 것 같다.

버스를 타고 지나가면서 평화 속에 숨겨진 칼의 냉혹함과 함께 친절하고 예의 바른 일본인의 타테마에 속에 숨겨진 혼네가 떠올라서 그만 나도 냉정해진다.

대마도는 운둔의 섬이며 한국 · 일본 · 중국을 잇는 징검다리 섬이다. 상대마, 중대마, 하대마로 나누어진 섬은 우리나라 농촌과 비슷하다. 젊은이들은 일자리를 찾아 본토로 떠나고 노인들이 그득한 느림의 철학이 숨을 쉬는, 시간도 쉬었다 가는 섬이다.

허락된 나흘 동안 우리 고대사를 찾으러 버스투어로 섬을 헤집고 다니는데 거리의 활력 대신 정지된 초록의 삼나무 숲만이 우리를 반긴다. 그러다가 늠름하게 검은 날개를 펄럭이며 대장처럼 우리 버스를 인도해 주는 솔개를 자주 만났다. 녀석은 으스대며 버스 전면 유리창 높이로 낮게 날아다녀서 눈과 부리의 형상이 뚜렷하다. 이 모습이 흐릿한 바다안개와 어울려서 한 폭의 수묵화 같은 풍경을 연출한다.

대마도에 많이 산다는 솔개는 보통 35년을 사는데 이 새는 아주 독한 녀석이다. 생존을 위해 자기가 자기의 생손톱을 부리로 뽑는다니 얼마나 독한 새인가. 처절한 아픔을 참은 대가로 늙고 꼬부라진 손톱 대신 새로 난 손톱으로 생존을 한다니 '새로움을 원하면 고통스럽다'라는 삶의 철칙을 본능적으로 알고 있는 새이다.

삼나무 숲을 벗어나 시내로 나가면 번화가라고 불리기에는 조금은 쑥스러운 거리에 쇼핑하는 한국 사람들로 북적이고 넘쳐나는 한국말이 활기가 되어 돌아다닌다.

한국 관광객의 요청으로 개점했다는 그나마 하나뿐인 면세점은 자그마한 가게가 둘러보는 데 반 시간도 안 걸린다. 나도 무언가 사기는 사야 한다는 의무감에 물건들을 휘둘러보았는데 비싼 환율 탓인지 머릿속은 우리 돈에다 곱하기 13이 급하게 돌아가고 그 숫자에 놀라 우리 물건이 더 좋은데 뭘 하며 들었다 놨다 했다.

면세점 길 건너 신발가게 여주인의 마귀 화장이 아직도 눈에 선하다. 시간이 남아서 어슬렁거리며 걷다가 신발가게에 눈길이 갔다. 가게 밖 좌판에 수북이 쌓아놓은 질 낮은 합성가죽 구두를 뒤적거리고 있는데 가게 문이 드르륵 열리며 으스스한 표정의 여주인이 얼굴을 내민다. 두 눈썹은 순악질여사처럼 검은 일자의 숯덩이 형색이고 눈꺼풀 반이나 차지한 아이라인과 함께 입술연지까지 온통 검정색 일색이다. 이런 거무스름한 젊은 여자가 무표정하게 쳐다보니 마치 어두운 저 가게 안에서 무슨 부두교 의식을 치르다가 나온 것 같은 느낌이 들어서 나는 기겁한 마음을 속으로 감추고 '스미마셍' 하며 얼른 자리를 떠났다. 참으로 요상한 일본 여자이다.

대마도 섬마을까지 점령한 일본의 자판기 문화가 색다르다. 거리 구석마다, 섬길 모퉁이마다 앙증맞은 캔자판기가 색색의 음료를 가득 채우고 입을 벌리고 있는데 그중에서 우리 학생들에게는 120엔짜리 아이스크림 자판기가 대유행이다. 아이들은 120엔을 우리 돈 120원으로 착각했는지 자판기가 보일 때마다 하나씩 입에 물고 빨고 다닌다. 아무리 아이들에게 야 야 우리 돈 1600원이야 하며 말려도 '시원해요' 하며 일본의 맛을 즐기니 어쩔 수 없다. 우리 청소년들도 이렇게 대마도 경제에 활력을 주니 관광산업은 그야말로 굴뚝 없는 산업이라는 말에 공감이 간다.

단언컨대 대마도의 경제는 우리 한국 관광객의 호주머니에서 나온다. 만약에 TV 뉴스처럼 극우세력들의 불상사가 개입된다면 분명히 우리 관광객들은 끊길 것이고 그 나비효과로 대마도의 경제는 흔들릴 게 뻔하다.

극우세력들은 무엇을 겁내는가. 아무리 일본 정부가 연례행사로 우리 독도를 자기네 다케시마라고 우겨도 '우리 독도는 영원한 우리 독도' 이듯이 대마도는 자기네 쓰시마가 아닌가. 언제 점잖은 우리 민족이 옛 고대 신라시대 때 점령했었다고 대마도는 우리 땅이라고 영토 주장을 한 적이 있었던가.

그들은 편협한 시야에서 벗어나 큰 틀에서 동아시아를 바라보면서 한국과 일본이 평화롭게 서로 공존하며 서로 윈윈하는 새로운 패러다임으로 현실을 성찰해야 한다. 또한 일본은 한국인의 마음을 얻기 위해서 독일처럼 진정한 마음으로 '역사적 과거사를 사과' 해야 한다.

흔들리는 피켓 뒤로 대마도의 그 아득한 풍경이 살포시 내다보인다. 내 마음도 화면 따라 아득해진다.

나도 조선통신사가 되어

*****나는 지금 오늘의 조선통신사가 되어 검푸르게 출렁이는 역사의 바다를 건너가고 있다.

그 옛날 조선시대 5백여 명의 사절단들이 수십 일씩이나 걸려서 건너갔다는 그 현해탄 뱃길을, 나는 500명 정원의 거대한 부관 훼리 은하호를 타고 하룻밤만에 건너가고 있는 것이다.

뱃전에 기대어 아래를 내려다보니 자디잔 파도더미들이 마치 바람에 휘날리는 검은 비단 폭같이 부드럽게 들썩이고 있다. 문득 물결 하나하나에서 역사의 얼굴들이 떠오르는 것 같다.

아비규환의 임진왜란 당시 강제로 끌려가다가 아득히 멀어져가는 고국을 바라보며 울부짖었을 수많은 백성들의 얼굴이 눈앞에 선연하게 떠오른다. 검은 물결 하나 하나가 그들의 환영으로 떠올랐다가 사라지고 눈물처럼 반짝인다.

마치 역사를 훌쩍 뛰어넘어 바다 저 깊은 곳에서 나를 부르는 듯하다. 산다는 것은 무엇일까. 역사의 시차를 두고 이 땅에 다시금 태어나서 역사를 만들어 낸다는 것은 무엇인가.

예나 지금이나 역사의 굴레 속에서 우리의 삶도 덩달아 같이 휘돌아가는 것은 아닐까. 어느 시대 그 누구도 결코 원하지 않았던 전쟁의 참혹함 속에서 당하는 자는 결국 힘없는 백성들뿐이다.

전쟁이란 마치 최근의 현대 전쟁인 이라크전과 같이 결코 전쟁을 원치 않았던 백성들이 속수무책으로 거센 역사에게 휘둘림을 당해 고통 받는 것이 아닐는지. 7년의 임진왜란 전쟁 속에서 짓밟혀야 했던 얼굴들이 저 잔물결 속에서 어른거린다. 연약하고 여린 풀잎같기에 더욱 비통함과 애처로움이 묻어나는 저 검은 바다의 심연을 바라보며 내 마음도 애잔해진다.

내가 건너고 있는 이 바다는 유명한 고려 말기의 충신 정몽주와 또 세종 때의 신숙주가 통신사가 되어 건넜던 뱃길이다. 임진왜란이 끝나고 덕천德川의 막부정부幕府政府는 우리 조선과의 화해정책으로 끊임없는 구애를 편다. 그래서 수백 명의 위풍당당한 조선통신사가 부산포에서 출발하여 대마도와 하관下關, 그리고 히로시마를 거쳐 에도까지의 긴 여정을 시작하게 된 것이다.

2천 3년 여름, 역사의 시공을 건너 나 또한 조선통신사들이 왕래했던 이 뱃길을 최첨단의 거대한 부관훼리호를 타고 여정을 시작한다. 더구나 내일 일정 속에는 조선통신사 자료관이 있는 히로시마현의 쇼토엔을 들를 예정이라는데 그 분들의 혼

나도 조선통신사가 되어

적을 더듬을 생각을 하니 마음이 두근거려 온다.

눈을 들어 수평선을 보니 섬이 달려가고 있는 모습이 보인다. 제법 푸르름이 장대처럼 우거져 있다. 사람이 사는 것같지 않은 고즈넉한 섬을 바라보며 저마다 사랑하는 사람과 한 석달 열흘쯤 숨어서 살고 싶다는 말들을 토해 놓는다.

웬지 섬은 우리에게 가슴 속에 숨겨둔 그리움의 등불 하나를 켜 놓게 하는 것 같다. 어느새 내 가슴에도 알싸한 그리움의 등불이 불을 밝힌다. 나는 늘 바다를 가슴에 품고 있었다. 바다 한가운데 반쯤 몸을 담그고 있는 섬을 보면 가슴이 먹먹해 올 때가 많았는데 지금 저 섬이 나를 잡아당긴다.

저기 보이는 섬이 대마도라 하는 말과 함께 주위가 술렁거린다. 서로 마주보고 있다고 하여 대마도라 부른다더니 정말 두 섬이 서로를 보면서 길게 누워 있다. 저기 수평선에 기대어 웃음을 보내고 있는 저 섬이 정녕 대마도주가 황급히 달려와 최고의 영접을 했다던 그 섬이란 말인가. 저 섬에도 우리의 자랑스런 통신사의 흔적이 담뿍 묻어 있으리라.

－비 내리는 쇼토엔

이튿날 히로시마현 시모카마가리에 있는 쇼토엔(조선통신사 자료관)을 찾아가는 길은 아침부터 비가 부슬부슬 내렸다.

살갗을 간질이는 부드러운 비가 촉촉이 내리는 가운데 서울처럼 막히지 않는 좁다란 2차선 도로를 달리는 맛은 색달랐다. 또 이미 우리나라에서 사라진 전차를 훔쳐보는 맛도 쏠쏠했고 전차를 타고 내리는 일본 사람들에게서 옛 문명을 이용하는 멋도 보였다.

일본인 안내원의 이야기로는 일본 전역에서 달리던 폐기된 전차를 이곳 히로시마로 보내서 운행한다고 한다. 빠른 시대를 거슬러 박물관처럼 달리고 있는 전차를 바라보며 전통을 고집하는 일본인들의 마음을 살짝 엿볼 수 있었다.

또 차안에서 바라다본 집들은 한결같이 아담하다. 집들은 답답하게 서로 다닥다닥 붙어있는데 언뜻 보기에도 옆집과 개인적인 사생활 보장이 전혀 안 될 것 같다. 그래서 그런지 대낮인데도 집집마다 창문에 커텐이 쳐져 있다.

바로 이러한 주거환경이 어렸을 때부터 님에게 폐를 끼치지 않는 버릇을 가르친다는 일본 가정교육의 모태가 되지 않았을까 하는 생각이 스쳐 지나갔다.

우리는 일본의 전통가옥인 엷은 검은 빛깔의 이층목조로 된 고풍스러운 구 아리카와(有川) 저택인 고치소 아치반관(조선통신사 자료관)에 닿았다. 촉촉히 비에 젖어 소곤거리는 현관의 자갈길을 밟고 실내로 들어가니 정면의 카마가리 혼진本陣과 통신사의 행렬 모형이 눈이 떡 버티고 있었다.

푸르른 선비옷의 도포와 붉고 푸른 관복의 단아한 우리 조선옷을 입은 인형이라니! 나는 왈칵 반가움이 샘솟아 나도 모르게 달려갔다.

그래! 이곳 카마가리가 우리 통신사들이 일본에 올 때마다 들렀던 곳이구나. 그것도 총 12번의 행렬 중에 11번이나 들렀

다니 이곳이 얼마나 중요한 유적지란 말인가.

나는 짧은 만남 속에 하나라도 놓칠세라 주위를 빨아들일 듯 쳐다보았다. 찰나 벽에 걸린 커다란 인물들의 사진이 자석처럼 나를 끌어당긴다. 가까이 다가가 보니 하나같이 위엄이 넘쳐나는 모습의 우리 통신사들의 좌장격인 정사와 부사 그리고 종사관들인 대감들의 모습이다. 시꺼먼 굵은 눈썹에 눈동자는 하나같이 광채를 내뿜는 듯 부리부리하였고 풍겨 나오는 위엄이 주위의 기세를 눌러 버릴 듯하다.

액자에 담긴 인물 사진이 어찌나 위풍당당한 모습이던지 그 시절 막강한 힘을 지닌 우리 통신사들의 배경을 보는 듯해서 후손으로 태어났음이 너무나 자랑스러워졌다.

한양에서 에도를 왕복하는 길. 그 도중에 들른 카마가리 아키 고치소 이치반(카마가리의 요리, 접대는 최고다)의 산해진미와 혼신을 다한 막부정부의 접대, 그리고 군림하던 조선통신사의 어마어마한 행렬들…….

나는 지금 슬픈 역사의 바다를 건너 비 내리는 히로시마의 쇼토엔 거리에서 어깨를 쭉 펴며 조선통신사의 숨결을 흠뻑 들여 마시고 있는 중이다.

후쿠오카, 교토, 그리고 윤동주

***** 2007년 8월 31일 오후 1시였다.

우리 회원들 91명은 바다의 달리기 선수 날치처럼 물결을 박차고 날아다니는 쾌속선 코비를 타고 후쿠오카로 향했다.

속도를 자랑하는 '코비호'는 선미와 후미가 날렵한 모양새로 배 전체가 물에 잠기지 않고 밑창만 살짝 걸친 모습으로 그야말로 검은 물결 위를 스치듯 튕기며 내달린다.

1, 2층 대형 객실에서 우리는 안전하게 안전벨트를 하고 배정받은 자리에 앉아 영화를 보거나, 검푸른 비단물결 출렁이는 현해탄을 들떠서 바라보거나 했다.

아주 잠깐이었는데 어느새 후쿠오카 부두에 닿았다고 주위가 웅성거린다.

부산에서 후쿠오카까지 겨우 3시간 만이었다. 길게 늘어선 줄 사이에 끼어 수속을 밟으면서 내 마음은 먼저 윤동주의 후쿠오카 감옥으로 달음박질치고 있었다.

후쿠오카 시내는 아담했다. 낮은 집 사이로 간간이 보이는 아파트는 제일 높은 층이 10층이고, 집들의 대부분을 차지하는 2층 목조 집은 세월이 어루만진 우중충한 나무결을 그대로 간직하고 있어 사뭇 어둡다. 반면에 길가 상점들은 색색가지 앙증맞은 빛깔의 깃발을 매달고 현대풍으로 요란한 눈웃음이 한창이라 발랄해 보였다.

골목길에 세워둔 작은 모형 같은 오토바이는 어떠한가. 일본인의 특성인 축소 지향형이라서 그런지 우리나라 티코수준의 작은 자동차는 별로 놀랄 일도 아니지만 정말 작은 오토바이에는 두 손 두 발 다 들 정도이다. 저리도 작게 만들려면 비례와 대칭이 절묘하게 맞아 떨어져야 하는데 큰 것을 작게 만드는 그들의 재능에는 그만 웃음이 터져 나온다.

해상보안청 건물을 지날 때 어느 집 이층에서 커튼을 들치고 밖을 내다보는 중년의 일본 주부와 눈이 마주쳤다. 그럴싸해서 그런지 그녀에게서 한류열풍의 진원지인 배용준과 함께 목구멍까지 차오른 고독이 진하게 느껴진다. 그녀에게 손을 흔들어 주며 사람 사는 게 어디나 다 그렇지 뭐 하는 진한 동료애를 보낸다.

오후 2시 25분, 모모치에 위치한 후쿠오카 형무소 터 앞에 우리는 내렸다. 아니, 그 자리를 헐고 다시 새로 지은 조량早良 구청 앞이다.

우리나라 서대문 형무소쯤으로 기대하고 있었는데 그 자리에 대신 들어선 '신식건물' 구청에 나는 어리둥절해서 어디 안

내 팻말이라도 없나 하고 두리번거렸다.

참으로 아쉽다. 우리 역사탐방 여정의 백미인, 떠날 때부터 그토록 사모하던 윤동주 시인이 옥사한 후쿠오카 형무소가 온 데 간 데 없이 사라졌다니…… 생사람 팔뚝에 이름 모를 성분의 주사를 매일 놓아 기어이 한창 청운의 푸른 꿈인 스물여덟 목숨을 앗아가 버린 우리 민족의 시인 윤동주가 갇혔던 후쿠오카 감옥은 왜 헐려졌을까.

그토록 철저한 기록과 보존문화로 자부심을 갖는다는 일본은 어떤 이유로 자기네들의 역사유적을 이리도 흔적을 남기지 않았을까. 필경 간악한 전쟁의 역사를 지우기 위해, 그리하여 구린 역사를 은폐하기 위해 헐어버렸을 것이다. 속내로는 넝쿨을 잡으면 줄줄이 딸려 나오는 뿌리 식물처럼 순교의 성지로, 애통의 현장으로, 시인을 추모하는 통절한 마음으로, 한恨의 넝쿨을 움켜쥐고 윤동주 시인을 추모하러 물밀 듯이 현해탄을 건너올 이웃나라 한국인들이 두려웠을 것이다.

허탈한 마음 안고 정문 앞에서 현수막을 펼치고 사진을 찍을 때였다. 길 가던 일본인들이 고개를 갸웃거리며 힐끔힐끔 우리를 쳐다보며 지나가고 구청 안에서도 서너 명의 직원들이 구르듯이 달려 나온다. 그들은 이 자리가 역사의 현장이라는 사실을 알기나 할까. 마음이 갑갑하고 허허로웠다.

우리는 사라져 버린 님의 흔적을 애통해 하며 서둘러 사진을 찍고 버스에 올랐다.

이튿날, 오사카를 거쳐 윤동주와 정지용 시인이 다녔던 교토의 도시샤(同志社)대학을 찾아가는 길이다. 윤동주 시인은 연희전문을 거쳐 일본으로 유학을 와서 도쿄의 릿교(立敎)대학을 다니다가 책으로 만난 정지용 시인을 흠모한 나머지 도시샤대학으로 학교를 바꾼다. 그래서 교토의 도시샤대학은 우리 문학사의 큰 별 윤동주, 정지용 시인을 배출한 유명한 대학이 되었다.

교토시내는 역사의 도시답게 고대와 현대가 공존했다. 우중충한 옛 건물엔 역사가 똬리를 틀고 내려앉았고 빛바랜 골목길에는 사무라이 칼을 든 쇼군의 무사들이 한 줌 먼지가 되어 활개를 친다. 세월 넘어 이 거리에서 두 시인이 사색을 하며 거닐었을 환영도 떠오른다. 나는 거리의 모습을 놓칠까 봐 내 마음속에 꾹꾹 눌러 담았다.

버스가 도시샤대학 교문 앞에 우리를 내려놓는다. 교문 수위실에서 대학 자료를 얻은 뒤 조금 걸으니 바로 왼편으로 꺾어진 곳에 퇴색한 붉은 벽돌의 교정이 뒷짐을 짓고 서 있다. 바로 여기 자그마한 뜨락에 긴 의자가 몇 개 졸고 있는 아담한 쉼터가 두 시인의 시비가 있는 곳이다. 왼켠으로는 하얀 테두리에 검은 대리석으로 장식한 세월이 빗금을 그은 윤동주의 〈서시〉비가 있고, 몇 발자국 떨어진 오른켠에는 시인이 그토록 사모하던 스승 정지용의 몇 년 전에 세웠다는 〈압천〉 비가 하얗게 몸을 빛내고 있었다.

당당하게 한글로 새겨진 시비를 보니 자랑스러움이 몸을 감싼다. 왠지 천재시인들을 길러낸 도시샤대학도 정다워 보인다.

시인의 자취를 찾을까 하여 둘레를 보니 천년은 묵었음직한 잘생긴 금강소나무 몇 그루가 하늘을 찌른다. 그 곁에는 화려한 봄날에 한꺼번에 까르르거리며 누이처럼 시인을 위로해 주었을 봄 미인 산벚꽃나무도 이파리가 무성하다.

소나무도 청년 윤동주를 잘 알고 있었을 게다. 파리한 얼굴로 외로움에 허덕이며 생각에 골몰했을 식민지 청년이 장차 한국 민족의 별로 우뚝 서리라는 것을 맑은 기운으로 알아보았을 게다. 그래서 기꺼이 시인에게 등을 기댈 넓은 품을 빌려 주었고 손바람으로 위로를 주었을 게다. 그래서 시인은 소나무가 내뿜는 기를 듬뿍 받아 죽는 날까지 고결한 정신을 잃지 않았던 거다. 더구나 이 황금 소나무는 우리 강신에서 흔하게 보는, 우리 민족이 가장 좋아하는 그런 소나무이다. 시인과 소나무는 마음과 마음이 하나로 맺어졌으리라.

"묵념."

교정을 울리는 소리에 맞춰 우리 회원들은 선배 시인들께 우리의 순결한 마음을 바쳤다. 그리고 저마다 시심詩心을 가슴에 안았다. 찰나 시詩가 나의 가슴에 차올랐다.

시인을 찾아서

햇발로 빚어낸 세월 건너
교토 도시샤대학 교정에
거북이 등껍질 천년 금강 소나무야

너는 알고 있으리
그래서
전설의 두 시인의 시비에
머리 숙여 절하는
우리들 후배를 보고
저리 점잖게 웃고 있는 거야
그래, 그런 거야

우범선은 히로시마에 숨고

*****일본 히로시마현에는 지노엔이라는 아담한 절이 있다. 정적이 사뿐히 내려앉은 뒷마당으로 돌아가면 사그마한 공간에 십여 기의 비석들이 비죽히 죽은 자의 영역을 나타내고 있다.

맨 앞 제일 큰 비석에 우리 말이 선명한 '우범선지묘'라고 이름표를 달고 있는 비석이 있다.

바로 씨없는 수박으로 유명한 육종학자 우장춘 박사의 부친이다.

충격이었다. 역사적 매국노의 무덤을 일본땅에서 만난 것은.

나는 그래도 적어도 그의 시신을 고국으로 데려와 그 엄청난 죄 값을 물을 줄 알았다.

왜 우리 동네 개화산 자락에 묻혀 있는 심정대감도 부관참시라는 형벌을 당하지 않았던가.

하기는 그렇다.

무얼 더 바라리. 풍전등화 같은 나라의 운명 앞에 고종황제인들 어찌 사랑하는 명성황후의 철천지한을 풀고 싶지 않았겠는가.

그러나 나날이 옥죄어 오는 일본의 세력 앞에 나라의 힘이 너무나 미약해서 눈치를 보느라 서릿발 같은 호령을 못 내렸을 게다.

그래서 억겁의 세월이 흐른 오늘, 민족의 대역죄인 우범선은 태자 리가 묻힌 고국땅을 밟지도 못하고 이리도 쓸쓸하게 타국의 절집 마당에서 벌을 받고 있는 거다.

훈련대 제2대장을 지낼 정도로 능력 있고 학식 있으며 군사학에 뛰어났다는 그는 왜 역사 앞에 죄를 지었을까. 신념이 남달리 강했다는 그는 왜 조국을 버리고 일본의 충견이 되어 하늘도 용서치 못할 만행을 저질렀는가.

더구나 앞장서서 조선의 정치 개선을 위해 국모 시해를 통한 친일정권의 성립을 미우라로고로 공사에게 주장했다는데 이 무슨 나라와 민족을 생각지 못한 천인공노할 짓이었나.

내막적으로 미우라 공사가 권력과 부귀영화를 약속했다고 하더라도 결코 나라와 바꿀 수는 없는 일이다.

그는 정의正義를 저버림으로써 역사 앞에 영원한 매국노가 되었다.

그의 잘못된 판단이 엄청난 역사의 회오리를 불러왔다.

의義를 택하는 삶은 가장 명예로운 삶이다.

비록 그 길이 남이 즐겨 가지 않는 험난한 길일지라도 올곧게 가다 보면 후세의 사람들이 본받고 싶어 하는 위인의 길이 보인다.

부귀와 권력을 좇는 사람이 지켜야 할 의義를 헌신짝처럼 버리는 일은 예나 지금이나 똑같다.

그래서 아직도 권력이라는 실타래 속에서 탐욕스럽게 엉킨 돈을 좇다가 TV 뉴스를 장식하는 정치, 경제인들을 많이 본다.

모두 다 속절없는 권력 욕심과 돈 욕심 때문이다.

그 시대 감히 있을 수 없는 시아버지인 대원군과 힘겨루기를 했던 명성황후에 대한 평가는 역사학자에게 맡기겠다.

그러나 조선 사람 우범선은 어떠한 이유로라도 국모시해에 앞장서서는 안 되는 일이었다.

우범선이 후세의 역사를 두려워하는 깊은 혜안만 가졌더라도 우리 역사는 다시 쓰여졌을 텐데 참으로 애석하다.

일본 낭인들과 경복궁 교태전을 앞장서서 휘젓는 대신 오히려 황후의 목숨을 구하는 데 혼신을 다했더라면, 그래서 구했더라면 오늘날의 역사는 다시 쓰여졌을지도 모른다.

만약에 그랬더라면 지금까지 단절되어서 너무나도 아까운 왕실의 맥이 살아 숨쉬고 있을 것 같다.

그의 죄업은 다른 나라 왕실에 버금가는 찬란한 우리 왕실의 전통을 국민들에게서 빼앗아 버렸다.

삶의 패배자인 그로 인해 우리는 왕가王家의 사람들을 잃어버렸고 찬란한 전통도 잃어버렸으며 왕과 왕비, 그리고 왕자나 공주를 뉴스에서 보며 즐거워하는 기쁨도 잃어 버렸다.

왕실 존재의 단절과 함께 치욕스런 일제강점기까지 불러왔
다.

우범선에 대해 설명하겠다는 일본인 가이드의 말을 정중히
거절한다.

일본인인 그녀가 얼마나 잘 알겠는가. 처절하게 비통한 우리
역사를 그녀가 어떻게 설명할 것인가. 그냥 안내서를 달달 외
워 읽을 뿐이겠지.

가랑비에 젖어 울고 있는 비석을 보며 '올바른 역사란 우리
에게 무엇인가' 하는 화두가 내내 맴돌았다.

평론가가 본 홍재숙의 수필

***** 홍재숙의 〈방화동 이야기〉는 전원풍의 방화동과 도시화, 문명화한 오늘의 방화동의 변한 모습을 비교하면서 자연 친화적인 옛모습을 그리워하는 내용이다. 구성도 무난하고, 문장도 매끄러우며, 예화例話의 인용도 적절하다.

"공연히 보도블럭 저 밑을 들춰보면 그리운 흙들이 '우리 모두 여기 모여 있어요' 하고 낑낑댈 것만 같은 생각이 든다."

방화동 이야기의 이 결미 부문은 가히 압권이다. 본받을 만한 착상이라고 높이 평가해 주고 싶다.

－『지구문학』 2000년 겨울호, pp.339~340. 金鶴의 수필 계간평 중에서

홍재숙의 〈느티 선생님〉은 화자가 총각 시인인 막내딸 담임선생님의 교직 생활을 호의적으로 그린 인물 수필이다. 작가는 외국어고를 다니는 딸아이의 담임선생님의 특별한 아이들 사랑을 긍정적인 눈으로 바라보면서 입시라는 차원에서 선생님

의 덕성을 바라보지 않고 인성교육이라는 차원에서 담임의 느슨한 학급 경영 철학을 이해해 줄 뿐만 아니라 그런 인성 교육에 대해 칭송하는 내용으로 수필을 꾸미고 있어, 교권이 붕괴되어 가고, 스승의 권위가 무너지고 있는 시점이라 이러한 수필이 주는 가치는 크지 않을 수 없다.

이야기체로 된 수필이지만, 느티 선생님을 딸아이의 말을 빌려와 작가가 '봄바람 같다'고 표현한 것은 주제의 간접화를 위한 전략으로 바람직했다고 하겠다. 이는 작가가 문예적 미학을 구축하려고 노력하고 있음을 보여준 것이다.

이 수필의 발단은 화자가 느티 선생님을 만나게 된 동기를 적고 있고, 전개부는 느티 선생님의 특징을 나열하고 있다. '가정통신문 늦게 주고 늦게 걷어서 맨날 꼴찌 반을 도맡아 하기, 종례시간에 돌아가면서 앞에 나가 3초 동안 말하기, 황사 바람 몹시 부는 노는 토요일에 아이들 나오라 하여 운동장에서 펄펄 뛰며 서로 친해지기 놀이하기, 크게 화냈다가도 마음이 여려서 금방 웃으며 안아주기, 핸드폰 진동 소리만 들려도 뺏는 다른 선생님과는 달리 '야, 하지 마' 하며 살짝 눈 감아주기, 딸아이가 감기로 호되게 아팠을 때 어떻게 하니 하며 양호실까지 데려다 주고 불 켜주기, 반 아이들에게 너희들 날 아빠라고 생각하고 다 털어 놓으렴 하고 씩 웃기, 너희들 주말에 왜 공부하니 푹 쉬었다 와 그런데 시험은 잘 보고, 하며 아이들 마음을 편하게 해주기' 등이 느티 선생님의 영상이다.

이런 나열만 가지고 독자를 설득시킬 수 없다고 판단한 걸까. 작가는 느티 선생님의 교육적 영향력을 보여주는 구체적인 일화를 한 페이지 분량으로 들려준다.

그리고는 결말부에 가서 오월을 닮은 느티 선생님에게 내 아이를 맡겨서 행복하다고 고백한다. 아무래도 문학적인 맛을 풍겨주는 대목은, 아이들이 '느티나무'로 잘 자랄 것으로 믿는 작가의 담임교사에 대한 신뢰가 놓여 있는 글의 마지막 결말부 문장일 것이다.

－『지구문학』 2006년 가을호, pp.266~267. 권대근의 수필 계간평 중에서

홍재숙의 〈꽃은 길을 불러 모은다〉는 꽃을 기억을 불러내는 매개체로 보고 쓴 수필이다. 똑 같은 제재라도 이렇게 작가에 따라 다르게 꽃의 의미가 파악되는 것은 나름대로 이들 작가들이 자신의 눈으로 제재를 바라보고 있다는 증거다.

작품의 분위기를 뜨겁게 달구는 것은 동네 사람들이 양색시라고 수군거렸던 '점박이 언니'의 등장과 묘사 부분이다. '꽃웃음을 팔아 집안 모두를 먹여 살렸던 점박이 언니가 다녀간 날이면 그 집에는 꼬부랑글씨 미제물건이 지천이라는 소문이 동네방네로 술렁이며 퍼져 나간다'는 진술에서 한 서린 우리 역사의 어두운 뒷모습과 민족적 굴욕감을 맛볼 수 있다. '나'의 시각이 아닌 '우리'의 시각으로 굴절된 사회를 바로 보려는 작가의 노력이 문맥 속에서 보이기에 이 작품은 손맛도 내고 눈맛도 내는 것이다.

이 작품에서 '꽃'의 역할은 기억을 실어 나르는 수레다. 과

거를 잊고 현재에 충실하는 사람들에게 우리의 아픈 과거사를 생각해 보라고 권유하는 것 같기도 하다. 한강의 기적을 이룬 한국 경제의 부흥도 알고 보면 공업입국을 위해 희생적으로 땀 흘린 과거의 근로자들이 있었기 때문이다. 기억의 뿌리를 움켜 쥐고 살 수 있다는 사실은 행복한 일이다.

수필은 글로 그리는 그림이다. 잊고 있던 기억의 저편 모습을 드러내는 여러 일들을 서정 어린 그림으로 펼쳐 보일 수 있는 것이 홍재숙 수필이 갖는 매력이다. 이런 면에서 보면 이 수필은 그 누구를 위해서 쓰는 글이라기보다 자기 자신을 위해서 마련된 것이다. 이 대목은 그러한 성격을 강하게 드러내고 있는 부분이다.

홍재숙은 지나간 시간의 한 끝 '복사꽃' 시절의 과거를 '벚꽃' 으로 상징되는 '현재' 라는 시간 위에 포개 오버랩시키고 있다. 이는 변화의 물결에 따라 종전의 광경을 찾아볼 수 없는 상황을 그리워하고 있음에 대한 반증이다. '사촌처럼 닮은 보이는 벚꽃과 보이지 않는 복사꽃, 이 바람의 숨결을 따라 맴을 돌면서, 작가는 지나온 삶과 살아내는 삶을 만난다.

그녀에게 있어 꽃은 추억의 길을 불러 모으고, 사람들은 꽃의 길을 따라 추억의 창고를 채워가는 존재다. 북숭아꽃과 벚꽃을 선명하게 대비시켜 과거와 현재를 소통하게 하고, 점박이 언니의 존재에 대한 불안감을 노출시켜 여성적 삶의 통증을 드러내 보이도록 설정한 것도 하나의 의미소다.

작가는 양자의 대비를 통해 과거와 현재의 공간 구도를 만들고, 어쩔 수 없는 운명의 삶을 보여줌으로써 한국적인 한의 정서를 구축한다. 수필의 구성을 대비적으로 배치한 것이 돋보였다. 수필의 묘미는 이런 데서 나온다.

문학은 사회를 비추는 거울로서도 기능해야 한다. 이 수필을 따라 가면 육십년대 시골 마을의 가난했던 모습이 드러난다. 미제 초콜릿에 허기를 달래던 서글펐던 시절의 전형적인 시골 풍경이다.

－『지구문학』 2007년 가을호, pp.266~267. 권대근의 수필 계간평 중에서

홍재숙의 〈산동백, 그 노란 물결〉을 보자. 이 수필은 기행적 요소를 거의 절제하고 있다. 포커스는 '노란 동백꽃'에 맞추어져 있다. '노랗고 알싸하고 향긋한 동백꽃'이란 문맥의 표현을 탐색해 가는 화자의 추적이 이 수필의 전개라 하겠다.

문학관을 나와서 뜨락을 둘러보니 담 곁으로 비리비리한 생강나무 서너 그루가 어린 티 졸졸 내며 노란 웃음을 수줍게 날린다. 정말 '알싸하고 향긋한 내음'일까, 손톱만한 꽃송이를 떼어 냄새를 맡아 본다. 향기가 희미하다. 책을 읽을 때마다 상상하던 마치 '봄이 꽉 찬, 그래서 질식할 것 같은 그런 내음'이 아니다. 슬그머니 실망이 되어 이러면 좀 실감날까 하고 엄지와 검지손가락 사이에 꽃잎을 놓고 비벼보았다. 꽃잎이 문대겨져 눈물이 나오려는 찰나에 그제야 약간 매운 향이 숨죽이며 비죽거린다. 아마도 이 향이었을 거다. 향기가 떠나갈까 봐 숨을 참는데 웃음이 나오려고 한다.

－ 홍재숙의 〈산동백, 그 노란 물결〉에서

비록 착상은 기행을 중심으로 하고 있으면서도 이 수필은 전혀 그런 기행적 냄새를 머금지 않고 있다. 소설의 배경이 되는 동백꽃의 냄새를 표현한 그 '냄새'에 수필의 '눈'이 가 닿아 있다. 정형적 기행수필의 파격이다. 소작인의 아들을 꽃 더미 속으로 떠다민 점순이의 행위를 작가의 입장에서 살펴보려 했던 화자의 작품 이면에 감춰진 시대적 배경에 대한 이해는 기행의 목적을 이제 확연하게 한다. 다시 말하면 홍재숙의 기행은 그저 김유정문학관 탐방이 아니라, 한 작가를 둘러싼 시대적 배경과 소재의 진실을 추구하고자 하는 진정성으로 읽혀진다.

ー『지구문학』 2008년 가을호, pp.265~266. 한상렬의 수필 계간평 중에서

　　홍재숙의 〈군주의 나라 태국〉은 주제의 일관성, 통일성 측면에서 통상적으로 기행수필이 갖는 취약점에서 벗어나 있다.

　　"서민적이고 검소한 푸미폰 국왕은 태국 국민들에게 신에 버금가는 절대적인 군주이다"에 포커스가 맞추어져 있다. 서사적이지만 주제 구현을 위한 일관성이 '군주의 나라'를 보여준다. 독자들의 이해를 돕기 위한 태국왕궁의 역사는 더 간략해도 좋을 것이며, 서두의 "수완나품 방콕 국제공항에 내리니 훤한 빛이 넘실거리는 대낮이었다"는 직접적으로 초점을 왕궁이나 국왕에서 출발하는 것이 효과적일 것이며, 비유의 적절성도 유념할 필요가 있다. 여행지의 도착에서부터 서사적으로 기술하는 방법은 식상하다. 소재의 낯설게 하기는 이런 경우 필요

할 것이다.

－『지구문학』 2008년 겨울호, p.266. 한상렬의 수필 계간평 중에서

홍재숙의 〈앙코르와트 무화과나무에 갇히다〉는 캄보디아 앙코르와트의 기행수필이다. 기행수필은 기행문이 아닌 문학성을 지니고 있어야 한다. 이 수필은 주제의식이 분명하여 포커스를 무화과나무에 맞춰 통일성을 유지하고 있다. 아쉬운 것은 주제의 일관성을 위해 제재 선정에 유념할 필요성이 보인다. 경제적 문장쓰기로 군더더기를 가급적 삭제함으로써 문장의 순수를 지켜 나가는 것이 문학성을 얻기 위한 길로 생각된다. 상징과 비유, 미적 상상력은 문학화의 길일 것이다.

－『지구문학』 2009년 가을호, p.266. 한상렬의 수필 계간평 중에서

홍재숙의 〈실크로드는 우루무치로 흔들리고〉는 다소 파격적이다. 기행수필의 멋과 맛을 느끼게 하는 이 수필은 서두부터 흔들린다. "저 찬란한 실크로드의 지킴이, 신강新疆 우루무치가 술렁거린다. 지금도 눈에 삼삼한 그 어느 해 팔월 여름 한복판." 공간 설명이 일단 독자를 매료시키고 있다.

일반적인 기행수필에서 엿보게 하는 그 식상함, 여행안내서가 아니다. 공간과 시간을 아우르고 내재된 사상의 정점을 찾아가는 작가의 지성의 깃발이 펄럭인다.

－『지구문학』 2009년 겨울호, p.267. 한상렬의 수필 계간평 중에서

홍재숙 수필집

꽃은 길을 불러 모은다
•

지은이 / 홍재숙
펴낸이 / 김정희
펴낸곳 / 지구문학

110-122, 서울시 종로구 종로2가 39 뉴파고다빌딩 215호
전화 / (02)764-9679
팩스 / (02)764-7082

등록 / 제1-A2301호(1998. 3. 19)

초판발행일 / 2010년 6월 25일

ⓒ 2010 홍재숙 Printed in KOREA

값 12,000원

E-mail/jigumunhak@hanmail.net

※잘못된 책은 바꿔드립니다.
※저자와의 협약으로 인지는 생략합니다.

ISBN 978-89-89240-37-2 03810